徳間文庫

ビギナーズラック

今野　敏

徳間書店

目次

ビギナーズラック

1

横浜新道で、あっという間に暴走族に囲まれていた。

品のない改造をしたスカイライン、古い型のRX-7、やはりあちらこちらを改造したセリカが、やかましくホーンを鳴らして後方から迫ってきた。

その周囲には何台ものバイクが群らがっている。

バイクはスロットルをひねり、何度もエンジンを空吹《からぶ》かしして、夜空に騒音を響かせる。

第三京浜を過ぎ、横浜新道に入って間もなくのことだった。

夏の間、大渋滞をするこのあたりも、その夜は比較的滑らかに流れていた。

島村のシルビアは、おとなしく走っていた。それほどスピードは出していない。彼は最近、親しくなった真理を送って行くところだった。真理の家は茅ヶ崎《ちさき》にある。

スカイラインが、島村のシルビアを追い越し、ぴたりと前を抑えた。すぐうしろに、RX－7が付く。バイクがその周囲をジグザグに走り回る。

真理がおびえた表情で島村の横顔を見る。島村は、彼女が安心するようなことを言ってやりたいのだが、何を言えばいいのかわからなかった。

暴走族に取り囲まれるなどというのは、初めての経験だった。

島村は自分の顔が蒼白《そうはく》になっていることを意識していた。

とにかく、前後をはさまれたまましばらく走るしかなかった。じっとおとなしくしていれば、そのうち連中も飽きて、過ぎ去って行くかもしれない――島村はそう期待した。

「ねえ、逃げられないの？」

真理が不安を露《あら》わに言った。

「無理だよ」

島村は言った。「こいつらのほうが運転のテクニックはうまいし、車だって改造してあるだろうし……」

「じゃ、どうするの……？」

島村は喉《のど》の奥でうなっただけで何も言わなかった。

真理はさらに言った。

「あたしたち、どうなっちゃうの？」

普段はどちらかといえばひかえめな真理だが、恐怖のために、多少、ヒステリックになっているようだった。

そのとき、真理の側のドアが大きな音を立て、彼女は悲鳴を上げた。

バイクが助手席側に回り込み、乗っていた若者がドアを蹴《け》ったのだった。

彼らは誰《だれ》もヘルメットをしていなかった。鉢巻きをしている者もいる。

腹にサラシを巻き、その上に彼らが戦闘服と呼んでいる丈の長い上着をひっかけている者が多い。

島村は、思わずドアを蹴った男の顔を見た。その男は笑っていた。

水銀灯、後ろからのヘッドライト、前を走る車のテールランプ――それらさまざまの明かりに照らし出されて、ひどくおそろしい形相《ぎょうそう》に見えた。

暴走族の悪ふざけは終わりそうになかった。島村は、なぜ自分の車が取り囲まれるはめになったのだろうと、恐怖にしびれる頭の片すみで考えていた。

シルビアなど別に派手な車ではない。女を助手席に乗せている車だって珍しくはない。

運が悪いとしか思えなかった。

だが、そんなことがあっていいのか？

島村は思った。

ただ、運が悪いとか、巡り合わせが悪いとか、この凶暴な連中の気まぐれなどのせいでひどい目にあうようなことが――。

助手席側のバイクはなかなか離れようとしなかった。

そのバイクは、ほとんど路肩を走っているのだ。

急に、シルビアの右側を、セリカが追い抜いて行った。ボアアップした独特の叩《たた》きつけるようなエンジン音がかすめていく。

島村は、ほとんど無意識にハンドルを左に切っていた。

反射的な行動で、それほど大きく切ったわけではない。

しかし、シルビアの車体は敏感に反応して左側に寄った。瞬間的に助手席側にいたバイクに幅寄せする形になった。

シルビアのボディーが、バイクの車体かライダーの体に触れた。
さっとバイクが視界から消えた。
はるか後方で金属音がする。
島村は、助手席側のドアミラーを見た。そして、とんでもないことになったと思った。
バイクは転倒し、ライダーは吹っ飛んでいた。
道路の外側に飛ばされており、乗っていた男がどうなったかはわからない。
だが、その男の心配などしている場合ではなかった。
バイクのエンジンや車のホーンがいっせいに咆哮《ほうこう》した。
すぐ前を走っていたスカイラインの円形のテールが光る。ブレーキランプだ。
島村は、その右側をすり抜けてかわそうとした。
それを待ち受けていたかのように、目のまえにセリカが現れる。
島村は思わず急ブレーキを踏んでいた。
セリカとスカイラインに鼻先を抑えられていた。その二台が停車する。
後ろにはぴたりとRX－7がついている。
島村もシルビアを停《と》めるしかなかった。

真理は泣き出していた。島村も泣き出したい気分だった。

悪夢を見ているような気分だ。島村は現実感が失《う》せていくのを感じていた。しかし、これは現実に起こっていることなのだった。

暴走族の車は道をふさぐ恰好《かっこう》になっていたので、たちまち、後続の車が列を作り始めた。クラクションを鳴らす車がある。たちまちバイクがその車のところへ駆けつけ、ドアを蹴って何事か怒鳴《とな》った。

島村は言った。

「いいか、絶対にドアを開けるな」

だが、じきにその言葉が無意味だったことがわかった。

数人の男たちが手に金属バットや鉄パイプ、木刀などを持ってシルビアを取り囲んだ。

彼らは、フロントウインドウやサイドウインドウをいっせいに叩き始めた。

すさまじい音がする。窓ガラスはたちまち一面真っ白になり、小さな直方体の破片となって車内に降りそそぎ始めた。

真理は悲鳴を上げた。島村も、何ごとか叫んでいた。何を叫んでいるか自分でもわからない。

窓の外から手が伸びてきてドアロックを開けた。

島村はガラスの破片で手を切っていた。ころころとした車のウインドウの破片でも手を切るものなのだな、と島村はぼんやりした頭で考えていた。

シルビアを取り囲んだ連中は、口々に怒りの言葉をわめき散らしている。

シートベルトを外され、車の外に引きずり出される。

真理も同様に車の外に連れ出されていた。

セリカとスカイラインがゆっくりと路肩に寄った。

後ろに並んでいた車は、そろそろと、シルビアの脇《わき》を通って走り去っていく。その場に停まり、事件に関《かか》わり合おうなどという運転手はひとりもいない。

誰かが島村の代わりに乗り込んだのだろう。シルビアが動き出した。シルビアも路肩に停まる。RX－7もそれにならった。

車の通行を妨害しているとすぐにパトカーがやってくるからだ。

車から男が降りてくる。バイクに乗った連中は、またがったままだ。

全員で十五、六人といったところだ。正確な人数を数える余裕など島村にはない。

戦闘服にサラシ、鉢巻きという出立《いでた》ちの男が言った。

「てめえ、仲間をひとりやりやがって……。ただで済むと思うな……」

その男は、ずいぶんと若そうだった。十七、八歳といったところだろうか。とにかく、島村より一回り——つまり十二歳くらいは年下のはずだった。

別の男が言う。

「仲間をやったらどういうことになるかわかってんのか、こらあ」

凄《すご》みかたが堂に入っている。

この手の暴走族は暴力団の予備軍だ。すでにバックにはどこかの組がついているかもしれない。

絡んできたのはそっちじゃないか——島村は思った。幅寄せだってわざとやったわけじゃない。

危険な走行をしていたのはバイクのほうだ。それに、僕はセリカに驚かされて、咄嗟《とっさ》にハンドルを切ってしまったんじゃないか。

しかし、それを口に出しては言えなかった。言ってもどうにもならないことはよくわかっていた。

男——というよりも、少年たちは、金属バット、鉄パイプ、木刀などを持って島村を睨《にら》みつけている。

ふたりの少年が、真理を両側からつかまえている。真理はすがるような眼《め》で、島村を見ていた。そうか——島村は思った。彼女にとっては、自分だけが頼りなのだ。

相変わらず、車は脇を通り過ぎていく。

パトカーも来る様子はない。誰も助けてはくれないのだ。島村はひどく情けない気分になった。

金属バットを持った少年が言った。

「まずは、てめえの目のまえでその女を輪姦《まわ》してやる」

鉄パイプを持った少年が続ける。

「失神しようがどうしようが、全員の相手をしてもらうぜ」

金属バットの少年が島村をバットの先で小突いた。

「さあ、こっちへ来るんだ」

少年たちは、道路の脇にあった小さな林に入って行った。

「いや。助けて……。島村さん」

真理は引きずられるようにして連れて行かれながら叫んだ。

島村はなす術《すべ》なく、少年たちに従った。

2

少年は十五人いた。

今、三人がかりで、島村の恋人を押し倒そうとしている。

十五人のうち、ほとんどは武器を持っている。チェーンに木刀、鉄パイプ、バット、サバイバルナイフ等々……。

彼らは、犯されようとしている真理のほうを注目していた。島村は、動けずにいる自分が情けなかった。

どうしてこんなことになってしまったのだろう――彼はまたしても、考えてもしかたのないことを考えていた。

彼はただ三十年間平凡に生きてきた。恋人ができたのもようやく最近のことだ。

恋人といっても、若い連中のように奔放な付き合いではない。実のところ、島村の押しが弱いために、いまだに肉体関係はない。

車だって、最長のローンで買ったものだ。まだ払い終わっていない。

三人の少年は口々に猥雑《わいざつ》な言葉を吐きながら、真理の服を引きはがそうとしている。すでに押し倒された真理は、必死で抵抗している。

ミニスカートから下着が見えていた。彼女は二十四歳で、島村はその美しい脚が大好きだった。

彼のなかで情けなさが急速に怒りに変わっていった。理不尽な事柄に対する激しい怒りだった。

こんなことがあっていいはずがない。島村は両腕をつかまれていたが、少年たちが真理のほうに気を取られているのを見て取った。

彼はいきなり、ひとりに体当たりした。

右手が自由になった。その手で左手をつかんでいた少年の顔をひっかいた。

小指が相手の目に入って、少年は悲鳴を上げて手を離した。

真理を犯そうとしていた三人が手を止めて何事かと振り返った。

そのときには島村はすぐ近くにいた金属バットの少年に躍りかかっていた。何をどうしたかは覚えていない。

とにかく必死だった。体の何カ所かを殴られたり蹴られたりしたようだった。だが痛みなど感じなかった。

気がついたら、手に金属バットを持っていた。得物《えもの》を手にできたのは幸運だった。島村は、いつの間にか金属バットを持っていた少年を、奪い取ったバットで殴り倒していた。

殺気に満ちた少年たちが島村のほうに押し寄せてくるのがわかった。

島村は、真理のほうに走った。

行く手をさえぎろうとする者には、容赦なくバットを振るった。うなりを上げるバットに、たいていは道をあけた。

木刀で張り合おうとする者がいたが、島村は滅茶苦茶にバットを振り回し、その木刀を叩き落として、さらにその少年の頭をしたたかに殴っていた。

真理を押さえつけていた三人が立ち上がった。彼らは武器を持っていない。

島村は大声でわめきながら、バットを振り、その三人に襲いかかった。ひとりは殴り倒した。

ちょうど、バットが耳たぶのうしろのあたりに当たった。もちろん島村は知らないが、そこは人を昏倒《こんとう》させるのに最高のツボだ。

あとのふたりはその場から逃げ出していた。

「だいじょうぶか？」

島村は真理に尋ねた。真理はショックのため返事ができずにいる。

少年たちは、いっそう怒りを燃え上がらせている。島村は真理に言った。

「逃げろ」

「え……？」

真理の反応は鈍かった。心理的動揺が大きく、一時的に思考の働きが弱まっているのだ。

島村は怒鳴った。

「逃げろ。ここから逃げるんだ」

「でも……」

「いいから、早く」

真理は、いつにない島村の命令口調に驚いたのか、ようやく立ち上がった。

島村は背で真理をかばうようにして、少年たちをけん制している。

真理が走り出した。ハイヒールのかかとを折り、転びかけてからまた走り出す。

しかし、少年のひとりがそちらへ回り込んで真理をつかまえようとした。

少年たちが口々に怒鳴った。

「絶対に女を逃がすな」

「つかまえて、こっちへ引きずってこい」

「ふたりとも、いたぶったあとに八つ裂きにしてやる」

島村の体は考えるより先に動いていた。真理をつかまえようとしている若者に向かって突進していた。

若者は気づいて島村のほうを向いた。その少年は喧嘩《けんか》慣れしているはずだった。だが、島村の気迫に一瞬気遅れした。

ナイフを出したが、思わず後ろに引いていた。

島村は相手がナイフを持っていようが、かまわずバットで殴りかかった。当たるを幸いにバットを振り回す。

たちまち相手は倒れてしまった。

真理はその隙《すき》に灌木《かんぼく》のむこうに姿を消した。島村はほっとした。

とたんに、ひどい衝撃を感じ、息ができなくなった。

痛みは感じなかった。どこか高いところから、急に突き落とされたような落下感があった。

地面が揺れた。

背中に木刀か何かの一撃をくらったのだとわかったのはそのあとだった。

地面が揺れるような感じはすぐに止《や》んだ。まず殴られたところに、異常なだるさのような感覚がやってくる。

肩や首がひどくこわばったときのような感じだ。耐えられない、苛立《いらだ》ちを伴ったうずきだ。そこがじんじんと脈打ち始めると、痛みがやってくる。

島村は、木刀で思いきり殴られたことなど生まれて初めてだった。

初めての体験はさらに続いた。

振り向いた島村は、いきなり顔面にパンチを叩き込まれたのだ。

まず、目のまえでフラッシュを焚《た》かれたような気がした。そのまぶしさが、無数の星となって視界の四方へ散っていく。

またしても地面が傾いた。まえのほうから地面がせり上がってくるような感じがする。

腰から下に力が入らない。

殴られたところは一瞬にしてこわばった。下目蓋《まぶた》は、眼球におおいかぶさってきて、頬《ほお》はしびれ、唇が倍以上に腫《は》れてしまったように感じた。

歯医者で麻酔を打たれたときのようだった。やはり、あまり痛みは感じない。

だが、全身にひどいショックが走り、立っているのがやっとという感じだった。

また一発殴られた。

島村はついに金属バットを取り落とした。

今度は腹に膝蹴《ひざげ》りをくらった。これは苦しかった。よく、腹に蹴りやパンチをくらって胃の内容物を吐き戻す描写があるが、あれは正確ではないことが、島村には今わかった。

鳩尾《みぞおち》に一撃を食らっても内容物をもどしてしまうほど胃袋は軟弱にできてはいない。

まず、横隔膜がけいれんし、収縮してしまうのだ。そのため息ができなくなる。

体を丸めて苦悶《くもん》するのは、呼吸が一時的に困難になるからだ。腹にパンチや蹴りを受けて、吐き戻すことがあるとすれば、この呼吸困難のせいだ。

粘っこい唾液《だえき》が喉のあたりに張りつき、それが喉を刺激した結果、嘔吐《おうと》感をもよおすのだ。

膝蹴りは、ボディーを攻撃するのに、実に有効な技だ。内臓を保護する肋骨《ろっこつ》は下に向かって開いている。

そして、下から突き上げることによって、ちょうど横隔膜や、太陽神経叢《しんけいそう》と呼ばれる神経のターミナルをうまく攻撃することができるのだ。

島村は呼吸ができなくなり、前のめりに崩れていった。水面の鯉《こい》のように大きく口をあけて、空気を吸い込もうとするが、しばらくはままならない。

そこをまた脇から蹴られた。島村は思わず横に転がっていた。

いくつもの靴が島村を蹴り、踏みつけた。島村は、無意識のうちに胎児の姿になっていた。両手で頭をかかえ込んで、体を丸める。

「まあ、待て……」

少年たちは、罵《のの》しりの言葉を吐きながら、袋叩きを続けようとする。

少年のひとりが言った。「簡単に殺しちまっちゃ腹の虫がおさまらねえ」

「そうだ」

別の少年が言う。「こいつのせいで、仲間が何人もけがをした。とんでもねえことだ。その上、おいしいごちそうを取り逃がしたんだ」

また別の声がする。

「おい、追っかければまだつかまえられるかもしれないぞ」

「そうだな。おい、何人かで探しに行け。まだ林のなかにいるだろう」

三人ほどが走り去る足音がした。

島村は汗を流していた。柄にもなくバットを振り回して暴れたせいもある。しかし、大部分は、苦痛のための脂汗《あぶらあせ》だった。

彼はもはや、真理を助けに行ける状態ではなかった。体中にこわばりができて、少しでも身動きすると痛んだ。打撲症は、激しい運動をした翌朝の筋肉痛に似ている。ただ痛みが激しいだけだ。

島村は、真理が無事逃げてくれるよう祈るしかなかった。

男として、やるだけのことはやった——島村は、その点だけは満足だった。とにかく真理を何とか逃がすことができたのだ。

彼は、生まれてこれまで喧嘩らしい喧嘩などしたことのない男だった。自分では、気が弱いほうだと信じ込んでいる。

酒場でチンピラなどに出くわすと、すすんで道を譲るほうだ。

気が弱い人間の常として、彼は暴力否定論者であり、平和主義者だ。だから、暴力に慣れていない。人間慣れていないことが一番おそろしい。

余分な想像をしてしまうからだ。今、島村は、これから自分がどうなるかまったくわからず、怯《おび》えきっていた。

自分より一回りも下の少年たちがおそろしくてたまらなかった。

彼らは風体《ふうてい》がまともではない。髪を染めている者がほとんどだ。

その髪はすべてパーマで上のほうへ持ち上げられている。髪の生え際の両端は奇妙なほど深く剃《そ》り込まれている。

眉《まゆ》を剃り落としている者もいる。パンチパーマをかけ、口髭《くちひげ》を生やしている少年までいるのだ。

どう見てもただの不良ではない。かつて反社会的な少年たちが不良などと呼ばれたころは、彼らはまだかわいいものだった。

だが、今、島村を取り囲んでいるような連中は、その時代の不良などとはまったく違う。その道のプロの予備軍なのだ。

戦闘服と彼らが呼ぶ丈長の服には、日の丸や旭日旗《きょくじつき》が縫いつけられ、さらに、過激なナショナリズムの象徴的な言葉が刺繡《ししゅう》されている。

報国、愛国といった類《たぐい》の言葉だ。彼らは、過激な民族派やナショナリストの恰好を自分たちのスタイルとして取り入れたのだった。

それは、彼らが過激な民族派政治結社と関係があることを物語っている。そして、そうした政治結社の正体は、たいていは暴力団であることは誰でも知っている。

「おら、いつまで寝てんだよ」

凄味のある声で少年のひとりが言った。島村はふたりがかりで引き起こされた。両方の肘《ひじ》のあたりをふたりにおさえつけられる。

正面にひとり立った。その少年がいきなり島村の腹を殴った。

また息がつまった。鈍い痛みがいつまでも尾を引く。一度殴られたり蹴られたりしたあとを殴られたせいだ。

島村はあえいだ。

しかし、不思議なことに、初めて殴られたときよりもショックは少なかった。心理的ショックが減ってきているのだ。

だが、少年たちは、さらに新しい心理的ショックを与えようとしていた。彼らはそういうことに慣れきっている。

自分が他人にされたこと、また、実際にやってみて効果的だったこと——そういう経験が彼らの手際を鮮かなものにしていく。

大きなサバイバルナイフを持った少年が歩み出てきた。大柄な少年だ。パンチパーマにサングラスをかけ、カーキ色の野戦服を着ている。

アメリカで最もタフだと言われる海兵隊が使うバックマスター・モデルのサバイバルナイフだ。

ブレードは重厚で長い。ナイフというよりナタのイメージがある。ロープ・カッターがそのブレードの背に彫り込んである。

大柄でサングラスをかけた少年は、ナイフを島村の顔のまえでひらひらと動かして見せた。

島村は、できるだけ後方に顔をひくようにしながら、今にも悲鳴を上げそうな表情をしている。顎《あご》を引いているため、そこにしわができる。

開けた口から、よだれがもれそうになる。ナイフの恐怖というのはそれほど直接的だ。

例えば銃を向けられるより、ナイフを出されるほうが生理的な嫌悪感は大きい。

周囲の少年は残忍な眼つきでその光景を見ている。

大柄の少年は、島村の頬にナイフをあてがった。ナイフの刃はひどく冷たかった。その冷やかさは、背筋まで伝わっていくようだった。

島村は身動きできなくなった。少しでも動けば確実にけがをする。

だが、じっとしていても結果は同じだった。

少年は島村の頰に当てたナイフの向きを変え、刃を立てた。ナイフの先端が頰に触れている。そこまでの動きはゆっくりだった。

少年はいきなり、ナイフを素早く引いた。島村は、頰に何か熱いものを押しつけられたように感じた。

痛みではなく、熱さを感じたのだ。

島村の頰に細い傷が走っていた。じっとりと血が浸み出してきて、やがて血は筋となってしたたり始めた。

そのときになって痛みがやってきた。頰を切られたのを初めて実感する。

島村は悲鳴を上げていた。悲鳴が少年たちに喜びを与えるようだった。彼らのなかには凶悪な笑いを浮かべ始める者もいた。

今度は反対側の頰にナイフをあてがわれる。

島村は思わず哀願した。

「やめてくれ。助けてくれ」

「やめてくれ。助けてくれ」

少年のひとりが、ふざけた調子で、島村の言葉をまねた。「ふざけんなよ、オッサン。あそこにぶっ倒れてる仲間《ダチ》――ありゃ、誰がやったんだ？　そのまえには、マシン一台ぶっ飛ばしてくれたしよ。落としまえつけるのが筋じゃん」

落としまえとか筋とかいう言葉が、彼らの日常語になっているのだ。

再び大柄の少年がさっとナイフを動かした。今度は痛みを感じた。何をされたかがはっきりとわかっているからだ。

傷から血があふれ出すまでにはやや時間がかかった。じわじわと血が出てくる。はじめは、細い傷にそってぽつぽつという小さな血の玉が並ぶ。

その玉がつらなり、やがて筋を作ってしたたり始める。

島村は顔に傷をつけられたことがショックだった。これは女性的な考えかもしれない。顔の傷は男の勲章という言いかたもある。

だが、島村は傷のある自分の顔など嫌だった。その気持ちを察してか、少年のなかの誰かが言った。

「これで少しは男前が上がるよなあ……」

別の少年が言う。

「男前が上がろうが下がろうが、もう関係ないけどね。どうせ、あんた、今夜死ぬんだ」

島村は、頭が恐怖にしびれていくような気がした。

顔の傷を気にしているどころではない。彼らは、自分を殺す気だ。冗談や脅しではなく、本当に殺す気だ――島村はようやくそのことを実感した。

こいつらなら本気でやる――島村は思った。この少年たちは、本当におそろしいものを知らないのかもしれない。

まだ、そういうことを理解できる精神構造を持ち合わせていないのだろう。そして、一生理解できないまま終わってしまうのかもしれない――恐怖に占領された頭の片すみで、島村はそんなことを考えていた。

ナイフを持った少年は、明らかに楽しんでいた。

彼はナイフの刃先でゆっくりと、島村の首筋から肩、二の腕へとなぞっていった。そのナイフが、肩から二の腕に向かうあたりでぴたりと止まった。

彼は言った。

「ここに太い動脈が通っている。それを切っちまうと、出血多量で死んじまう。だから……」

彼はナイフをその場所からわずかに外側にずらした。「だから、俺《おれ》はここを刺す」

少年は力を込めた。ナイフは島村が着ていたジャケットを軽々と突き通し、二の腕に刺さった。

島村はのけぞり、大声を上げた。

ナイフで刺されるのも初体験だ。刃先が自分の腕にずぶりと入っていくのを見た。痛みよりも、精神的なショックで気を失いそうになった。

ナイフを抜かれるとき、ひどい痛みを感じた。ジャケットの上に、血の丸い染みがゆっくりと広がっていく。

島村はがたがたと震えていた。顔には玉の汗を浮かべている。

ナイフで刺されたという事実が、あまりに衝撃的だった。ナイフの刃先は、実は二センチほど刺さっただけだった。しかも、少年が言ったとおり、大動脈を避けている。

しかし、島村にとっては大けがだった。刃物でけがをしてこれほど出血した覚えはなかった。

恐怖が、島村の限界を超えた。彼はたちまちパニックに陥った。彼は必死で腕を振りほどこうとして暴れ、わめいた。

「助けてくれ。血が出てる！　死んじまうよ。勘弁してくれ」

ナイフを持った少年が言う。

「見苦しいよ、オッサン」

別のところから声がする。

「そうそう。動くと出血がひどくなるよ」

だが、そんな少年たちの言葉は今の島村の耳には入らない。彼は自分が発狂するのではないかとさえ思った。

発狂してしまったほうが楽かもしれない。そんなことまで考えていた。

とにかく彼はもがき、わめき続けていた。苛立ったひとりの少年が、島村の頬を張った。

大きな音がし、傷口から流れ出ていた血が飛び散った。

その衝撃で島村は我に返った。

頬を張った少年は吐き捨てるように言った。

「ダセエな！　オッサンはだからいやなんだよ。見てるだけでムカついてくるよ」

ナイフの少年が言った。

「まだまだ終わりじゃねえからな……」

島村は、小さくかぶりを振り続けた。すでに失禁している。だが、本人はそんなことはどうでもよかった。

そのとき、下生えや灌木が鳴った。

灌木の脇から人影が現れたとき、島村は絶望した。

真理がふたりの少年に両腕をつかまれて連れ戻されてきたのだ。

真理は、血だらけの島村を見て悲鳴を上げた。

少年のなかの誰かが囃《はや》し立てるように言った。

「感動のご対面」

3

真理の出現で、島村は現実感を取り戻すことができた。

自分はひどいありさまだ、と思った。彼は、少年たちを無視して真理に尋ねた。

「逃げられなかったのか？」

真理のこたえは、少年の大声でさえぎられた。

「こらァ。誰が勝手に話をしていいと言った？」

島村は、真理を見ていた。そして、ふと、真理の雰囲気が妙なのに気づいた。

彼女はおびえているようには見えないのだ。彼女の眼には、何かを覚悟したような確かな光がある。

少年のひとりが言った。

「おい、いいことを思いついたぞ。俺たちが慈悲深いってこと、よく理解してもらおうじゃねえか？」

「何しようってんだ？」

「死刑執行の日には、メシに和菓子がつくっちゅうじゃねえか。このオッサンにも、死ぬまえにいい思いをさせてやろうと思ってな。この女を抱かせてやるのよ。おれたちの目のまえで、やらせてやる。どうやんのか、じっくり拝見した上で、俺たちも楽しむってのはどうだ？」

「いいじゃねえかよ、それ」

また別の少年が言う。

「そのオッサン、そんなんでおっ立つのかよ？」

「その分、女に一所懸命サービスさせるさ」

真理をつかまえていた少年たちのひとりが彼女を突き出しながら言った。

「おら、最後の一発だ。かわいがってもらえ。そのあとは、俺たちが天国に連れてってやっからよ」

真理は、突き飛ばされ、島村の胸にぶつかった。

少年たちは島村から手を離した。島村は崩れるようにすわり込んでしまった。

少年たちは、立ったまま、ふたりをぐるりと取り囲んだ。

真理はハンカチを取り出して、島村の頰をぬぐい始めた。

「それより、腕を……」

島村がうめくように言った。

「どうするの？」

「傷の上からきつく縛ってくれ」

真理は言われたとおりにした。

島村は、縛られるときにひどい痛みを感じてあえいだ。

少年のひとりが言った。

「おら、早く始めろよ」

別の声がする。

「何なら手伝ってやろうか？」

傷を縛り終えると、真理はじっと島村を見つめた。島村は彼女の意志が読み取れなかった。

真理はいきなり島村に抱きついた。島村は驚いた。

「お、いいぞ、いいぞ」

「女のほうが積極的じゃん」

「早く始めろ」

少年たちの野次が飛ぶ。誰かがそれを制した。

「静かにしろ、静かに。集中させてやろうぜ」

「そうだな。せめてもの思いやりだ」

島村は真理に言った。

「あいつらの言いなりになって、こんなところで始める気か」

真理は抱きついたまま、島村の耳もとでささやいた。

「あたし、道路まで逃げたんだけど、戻ってきたの」

「な……」

「黙って聞いて。車のなかにバッグを置きっ放しだったの。そのなかにスタンガンが入っているのを思い出したの。痴漢撃退用の電気ショックを与える武器よ。それを持って戻ってきたの。あたしは、つかまって連れ戻されたんじゃないわ。闘うために戻ってきたのよ」

島村は驚いた。心底驚いた。そして、正直なところ感動していた。

確かに島村はまだ恐怖におののいている。だが、その恐怖は、路上でシルビアをこの暴走族に取り囲まれたときよりは、薄れているはずだった。

彼はすでにいくつかのことを経験し、それにまだ耐えているのだ。

島村の両手は自然に真理の背に回っていた。刺された傷の痛みは気にならなかった。その両手に力がこもった。

島村は、しっかりと真理を抱きしめた。

「やろうじゃないか」

島村は言った。「このまま黙っていても、どうせ殺されるのだから」

島村は真理を抱く腕をゆるめ、彼女の両方の二の腕を手でつかんだ。その細く柔かい感触がいとおしかった。

彼は真理の眼を見つめた。彼女の強い意志を示す眼の光の意味が、今は、はっきりとわかった。

自分も、同じ眼をしているかもしれないと島村は思った。

彼はゆっくりと立ち上がった。真理も同じように立ち上がる。

輪を作っていた少年たちはいっせいに罵声《ばせい》を浴びせ始めた。

ひとりの少年が歩み出てきた。その少年は肩に鉄パイプをかついでいる。手で握る部分にアスレチックテープを厚く巻きつけてある。

鉄パイプの少年が言う。

「こら、誰が立てっつったんだ？　やること早く始めろ」

島村は何も言わず、少年を見つめていた。鉄パイプを持った少年は、一度立ち止まり、そこから足早に近づいてきた。

鉄パイプは肩にかついだままだ。

島村は、いきなり右足で蹴り上げた。まるで無防備だった少年の股間《こかん》に、その足が命中した。

喧嘩慣れしていない島村は、手加減などということを知らない。思いきり金的を蹴り上げていた。

相手は、喉の奥からしぼり出したような奇妙な悲鳴を上げ、股間を両手でおさえて倒れた。鉄パイプなど放り出している。

島村はその鉄パイプを拾い上げた。武器を手にする有利さを、さきほどのバットで学んでいる。

少年たちが、わめきながら、堰《せき》を切ったように襲いかかってきた。

島村は必死で鉄パイプを振った。鉄パイプはうなりを上げる。必死になること――闘いのときにはそれが大切であることを、彼はやはりバットを振り回したときに学んでいた。

島村につかみかかろうとしていた男たちはたたらを踏んだ。

そのとき、島村は、いきなり鉄パイプを下から上へ向かって振り上げ始めた。

金的蹴りがうまくいったことから咄嗟に思いついたのだ。だが、これは実はたいへん高度で効果的な武器の使いかただ。

人間の急所はたいてい、下からの攻撃に弱い。

金的もそうだし、鳩尾も同様だ。顎など最たるものだ。そこに向かってくる攻撃というのは、どんなに喧嘩慣れしていてもいやなものだ。

そして、相手が棒や木刀といった武器を持っている場合、うまくすると、握っている指に当たる。これは一撃で相手の武器を使えなくさせるうまい方法なのだ。

「野郎!」

それでも、しゃにむに、チェーンを叩きつけてきた少年がいた。

島村は体をひねって半ば相手に背を向けた。チェーンは背に当たった。背中の広背筋および僧帽筋といった筋肉は、たいへんに広く厚い。

その筋肉の部分に当たる限り、かなりの打撃にまで耐えられるのだ。

島村は、そのことも、さきほど学んだばかりだった。

チェーンの一撃は確かに痛かった。しかし、体中にアドレナリンが充満しているせいもあって、充分に耐えられた。

島村は、チェーンを持った相手に対し、鉄パイプを振り降ろした。チェーンで二撃目を加えようとしていた少年は、そのチェーンごと鉄パイプで叩き落とされた。

ざっくりと頭の頂点の皮膚が裂け、血が噴き出した。
三、四人が真理を取りおさえようとしていた。
そのうちのひとりが突然、硬直して伸び上がった。そのまま倒れてしまう。

続いてまたひとり、同じように倒れた。少年たちは、訳がわからず、一瞬ひるんだ。真理がスタンガンを使ったのだ。

真理をつかまえようとしていた少年は、すぐに手を離した。

血路が開かれた。

「走れ！」

島村は叫んだ。真理はすぐさまその言葉に従った。

島村も、後方に鉄パイプを一閃《いっせん》しておいて走り出した。ふと、目のまえの地面にサバイバルナイフが落ちているのに気づいた。

彼を弄《もてあそ》ぶのに使ったナイフだ。大柄の少年は地面に倒れている。真理のスタンガンにやられたのだった。

島村は、さっとそのナイフを拾い上げて真理のあとを追った。

やがて真理に追いつくと、島村は、彼女の肩を抱きさっと脇の灌木の陰に入った。

少年たちは、追ってきた。そして、一度、その灌木の茂みの脇を通り過ぎて行った。

島村は、心臓が飛び出してしまうのではないかと思った。こんなに運動をしたのは実に久し振りだった。

呼吸はなかなか整わなかった。真理が尋ねた。

「だいじょうぶ?」

「わからない。こんな目にあったのは初めてだからな……」

「どうやってやつらをやっつけようかしら?」

島村は、少年たちの人数を思い出そうとした。はじめは十五人いた。今は半分くらいになっているはずだ。

つまり、七、八人。

「まともにぶつかっていっても勝てないな。こうやって隠れながら、確実に倒していくしかない」

突然、茂みのむこうから、少年が襲いかかってきた。敵はひとりだった。木刀を振りかざし突っ込んでくる。

島村の脇を、うなりを上げて木刀がかすめていった。

島村は思わず悲鳴を上げていた。

もう一度木刀を振り降ろされたらかわせない。島村は咄嗟にそう考えていた。

だが敵は木刀を振りかぶろうとはしなかった。そのまま島村のほうに体をあずけてきた。

島村の手に、生温かい液体が降り注いだ。

島村は、手にサバイバルナイフを持っていた。夢中で、それを突き出していたのだ。

それが敵の腹に突き刺さっていた。

真理が悲鳴を上げた。

ナイフが刺さるときの気味の悪い感触がそのときになってよみがえってきた。

島村は木刀を持った少年の体を押しのけた。少年は弱々しく訴えた。

「痛《いて》えよ……。死んじまう……。痛えよ……」

島村は同情もしなければ、刺したことを後悔もしていなかった。生きていれば後悔する時間も充分にある。今は、生きのびなければならないのだ。

真理の悲鳴を聞かれたはずだ。すぐに移動しなければならない。

島村は立ち上がり、姿勢を低くして木立ちの陰に身を隠した。あたりの様子をうかがい、真理に言った。

「ついてくるんだ」

真理は、腰を刺された少年を気にしているようだったが、自分の立場を忘れるようなことはなかった。

彼女は島村の言葉に従った。

島村は右手にナイフを持ち、左手に鉄パイプを持っていた。彼は慎重に移動し、さきほどとは別の灌木の茂みに身を潜めた。

真理がぴったりと身を寄せてくる。

島村は、茂みの陰からあたりの様子をうかがいながら考えた。

木刀を持って襲いかかってきた少年はなぜひとりだったのか？

こたえはひとつだ。彼らは手分けをして島村たちを探し始めたのだ。それが、自分たちにとって有利なのか不利なのか島村にはわからなかった。

こんな経験は過去にはないのだ。

だが、何となく有利な気はした。複数をいっぺんに相手にする必要がなくなったのだ。

島村は、ふと、自分の両手を見た。血でべっとりと濡《ぬ》れている。血は空気に触れると急速に粘り気《け》を増してくる。

今はまるで糊《のり》のような感じになっていた。ナイフと鉄パイプがその血糊でてのひらに張りついている。

彼は、ワイシャツのすそを引き出して裂いた。それをねじって紐状《ひも》にする。その紐でナイフの柄を鉄パイプの先にくくりつけた。

紐は三本必要だった。三カ所を縛らないとうまく固定されないからだ。その間、真理が周囲を見張っていた。

「来たわ。ふたりよ」

真理がささやいた。

島村は、できたばかりの槍《やり》を両手で持ち、真理の指差すほうを見た。

金属バットを持った少年がひとり、素手の少年がひとりだ。彼らは自分たちが優位にいるという安心感からか、無防備に見えた。

島村は彼らを引きつけた。ふたりの少年は、島村が潜んでいる茂みのまえを通り過ぎようとした。

そのとき、島村は茂みのなかから、ナイフを先に縛りつけた鉄パイプを突き出した。

手ごたえがあった。

ナイフは、素手の少年の腿《もも》に突き刺さっていた。

少年は大きな悲鳴を上げて、地面に転がった。

バットを持った少年がすぐに反応して、茂みのほうを向いた。

「野郎!」

彼は一声吼《ほ》えると、茂みに向かってバットを振り降ろそうとした。

だがそれより早く、島村の槍がやはり相手の大腿部に突き立っていた。少年はバットを放り出して倒れ、刺されたところを両手で押さえた。

「来い!」

島村は茂みから飛び出して駆けた。真理がそのあとに続く。

右手のほうで声がした。

「いたぞ! こっちだ」

いくつかの足音が聞こえてきた。島村は、正面の茂みに隠れようとしていた。

その茂みのなかから、突然、人影が立ち上がった。ひとりが待ち伏せをしていたのだ。

その少年はヌンチャクを手にしていた。

島村は驚き、度を失い、必死で槍を突き出した。サバイバルナイフが、相手の肩に深々と突き刺さる。

待ち伏せしていた少年は、大声を上げながら体をひねり、後ろへひっくりかえった。

足音が聞こえ、島村ははっと振り返った。敵が鉄パイプで殴りかかってくるところだった。

島村は手にしていた槍で反射的に防いだ。鉄と鉄がぶつかる激しい音がした。島村は鉄パイプとナイフで作った槍をはじき飛ばされていた。

相手はもう一度鉄パイプを振り降ろそうとした。

「くたばれ！」

そのとき、脇から真理がその少年に体当たりしたように見えた。

少年は、いきなり悲鳴を上げると跳び上がり、そのまま倒れた。真理のスタンガンが威力を発揮したのだ。

島村はそのとき、自分が尻《しり》もちをついてしまっているのにも気づかずにいた。真理の声が聞こえる。

「早く！　仲間がくるわ！」

島村は、弾《はじ》き落とされた槍を拾い、立ち上がった。

幹の太い木があり、そのそばに深い下生えがあった。島村はその下生えのなかに腹這《はらば》いになって隠れた。

ふたりの少年が駆けてきた。

「このあたりだ」

ひとりが言う。

「ちくしょうめ……。見つけたらただじゃおかねえ」

もうひとりが言った。

そこに、もうひとりの少年が駆けてきた。

「おう、いたか？」

あとの少年たちがこたえる。

「いえ……。このあたりだと思うんですが……」

「探せ、探せ。こうなりゃかまうことねえ。見つけ次第、ぶち殺しちまえ」

「はい」

やりとりから、あとでひとりで現れたほうの少年がリーダー格とわかった。

その少年は人一倍、体が大きかった。パンチパーマをかけ、口髭を生やしている。すでにいっぱしのやくざ者の貫禄《かんろく》がある。

リーダーの少年だけがその場に残った。

真理がそっと言った。

「どうやら、残りはあの三人だけのようね」

島村がささやき返した。

「ああ……。最後の三人だ」

「一気にやっつける方法はないかしら……」

「あせっちゃだめだ。チャンスが来るまで、じっと待つんだ」

言葉のとおり、ふたりはじっと待った。島村は自分の鼓動を聞いていた。

草を踏む音が聞こえた。島村は緊張した。彼の戦法は決まっていた。経験がないので、一度成功した方法を繰り返すしかないのだ。

しかし、それは、島村は知らなかったが、戦術的には正しい判断だった。

草を踏む足音は近づいてくる。島村は鉄パイプとナイフで作った槍を握りしめた。敵の足が見えた。

島村は迷わず槍を突き出す。ナイフが敵のふくらはぎを貫いた。

敵の少年は驚きの声を上げた。彼はまだナイフで刺されたとは感じていないはずだ。熱いものをくっつけられたか、強く殴られたような感じがしただけに違いない。

島村は槍を引き抜いて立ち上がった。そのときには、少年は自分が何をされたかに気づいていた。力なくその場に尻もちをつく。

島村は夢中でその少年の頭を、鉄パイプのナイフのついていないほうの端で殴りつけた。

少年は声も上げずに倒れた。

島村はその少年がバットを持っていたことに気づいた。そのバットを取り上げ、真理に手渡した。

その瞬間に、意外なところから敵が現れた。木の枝から飛び降りてきたのだ。

敵は島村におおいかぶさるように落ちてきた。

完全に不意をつかれて、下生えの上に倒れた。敵の下敷きとなった。全身にひどいショックがあった。

深い下生えがなければ気を失っていたかもしれない。倒れたとき、左肩が下になっていた。その左肩に激痛が走り、島村はあえいだ。

下敷きになった衝撃で肩が脱臼《だっきゅう》してしまったのだ。耐えがたい痛みだった。眼がくらむほどだ。

島村の上に馬乗りになった少年がナイフをかざした。島村はそれを見上げていたがどうすることもできない。

だが、少年が島村にナイフを突き立てるまえに真理が、バットで殴りかかっていた。真理はとにかく力まかせにバットを振っているようだった。

何発かが少年の体に命中した。少年は罵声を上げて立ち上がった。その瞬間、真理は、バットで少年のすねを殴った。

この一撃は効果的だった。少年は悲鳴を上げてひっくりかえった。真理は、その頭をバットで何度か殴りつけた。

その間、島村は動けなかった。少しでも身動きすると、左肩に激痛が走る。脱臼の痛みというのは独特だ。

真理のバットの動きが止まった。島村に近づいてくる。彼女はおびえたように言った。

「あたし、殺しちゃったかもしれない」

島村は身動きしないようにして、言った。

「だいじょうぶ。たぶん、人間というのはそんなに簡単には死なない。もし、死んだとしても、やらなきゃこっちが殺されてたんだ」

真理は島村が妙に苦しげなのに気づいた。

「どうしたの？」

「肩が……。どうしちまったのか……」

「痛むの？」

「ひどく……」

「腕は動く？」

「まったく動かせない。たぶん、外れちまったんだと思う」

「立てる？」

「やってみる。手を貸してくれ」

島村は、まず深呼吸してから、覚悟を決めたように上半身を起こし始めた。だが、たちまち、あえいで力を抜いてしまった。

痛みに耐えられなかったのだ。激痛が鎮まるまでしばらく待たねばならなかった。

彼は、再び深呼吸し、右の肘をついて上体を起こした。あえぎ、うめいた。知らぬうちに歯ぎしりをしている。

今度は何とか耐えられた。上半身を起こしてしまえば立ち上がるのは楽だった。

彼は右手で左腕をしっかりおさえつけ、真理の手を借りて立ち上がった。

「ちょっとむこう向いてて」

真理が言った。島村は理由がわからなかったが言われたとおりにした。ややあって、真理は何かで島村の左腕を胴体にしっかりと結びつけた。

縛ったものを見て島村は今の真理の言葉に納得した。それはストッキングだった。腕を固定されると少しは落ち着いた。

しかし、一歩ごとに激痛が走るのには変わりはない。普段ならこんな痛みには耐えられないかもしれないと島村は思った。

今は、闘いのなかにいるから我慢できるのだろう──。

島村は真理の肩を貸りてそろそろと歩いていた。

そのふたりのまえに、ゆらりと人影が現れた。大きな影だった。木の陰から、ふたりを待っていたように現れた。

暴走族のリーダーだった。

島村は、一時的に体中の痛みが遠のくのを感じた。

彼はリーダーに言った。

「おまえが最後のひとりだ」

リーダーは、唾《つば》を吐いてから言った。

「てめえ……。タイマンで勝負しろ」

島村はふと気づいた。槍もバットも持っていなかった。

島村は真理に言った。

「離れていろ」

真理は言うとおりにした。彼女は島村を止めようとはしなかった。

島村とリーダーは三メートルほどの距離を置いて対峙《たいじ》した。

島村は右側へ回り込むようにじりじりと移動し始めた。足を出すたびに肩が痛んだが、動かねばならなかった。

その動きに合わせてリーダーも移動した。彼はやや前傾姿勢で身構えている。

ふたりはゆっくりと円を描くように移動した。

やがて、最初に島村が立っていたところにリーダーの少年がやってきた。ふたりの位置が入れ替わったのだ。

そのとき、リーダーは真理に背を向けていた。自分で言い出したタイマン——つまり一対一の勝負というルールを信じ切っているのだ。

島村は、真理が期待どおりの動きをするのを見た。

真理はうしろからリーダーに飛びついた。そして彼の首筋にスタンガンをあてがったのだ。

次の瞬間すさまじい電撃が彼を襲った。リーダーは倒れた。

島村には、その倒れていく姿がスローモーションのように見えた。

島村は言った。

「タイマンだと？　そんなガキの遊びに付き合えるか」

真理が駆け寄ってきた。

島村は彼女の肩を借りて、再び一歩一歩、歩き始めた。

闘いは終わった。

島村は今、生きていることに叫び出したいほどの喜びを感じていた。

思えばずいぶん残忍なこともやった。しかし、きれい事を言って殺されるよりはずっとましだと彼は考えていた。

今度、同じことが起きたら、こうして生きていられるかどうかはわからない。確かに、今回は幸運だった。

いってみれば、ビギナーズラックだ、と島村は思った。

だが、と彼は考えた。

闘いは人間を成長させ、進歩させる一面があるのかもしれない——。

この闘いで強くなったものがおそらく、ふたつある。彼はそれを信じたかった。

自分自身と、真理との絆《きずな》だ。

戦場を去った男

1

港が見える小さな町で、坂を登り、家並を抜けた小高い丘にカトリック教会があった。

礼拝堂には四十人ほどの人が腰かけることができた。落ち着いた色の壁には聖画が並び、中央のキリスト像は、小さな教会にしてはたいへん立派なものだった。

礼拝堂の右手に居住区があり、今は、そこが、孤児のための施設になっていた。

子供たちは九人いた。

年齢はまちまちで、最年長の娘は、中学二年生だった。彼女が、最も幼い五歳の子供たちの面倒を見るようになって、神父はおおいに助かっていた。

クルーン神父がこの町へやってきて、もう十五年になる。

背の高いがっちりした体格の男だった。砂色の髪に、美しい青い眼《め》を持っている。

小さな港町で、異教徒の異邦人は好奇と、おそれと、そしてわずかな嫌悪の眼で見られ続けた。当時、クルーン神父は三十歳になったばかりだった。

彼は、町の人に融《と》け込もうと若い情熱をぶつけた。

むなしい戦いが続いたが、十五年たった今、考えてみると、行動はむだではなかった。

彼は丘の教会になくてはならない人物となり、いつしか、教会に、若者たちが奉仕にやって来るようになっていた。

クルーンは、この日本の小さな町に派遣されたことを神に感謝した。彼は、若くして幸福を手に入れた数少ないイエズス会士と言えた。

今、クルーンは、ただひとつのことだけが気になっていた。

晴れた午後、クルーンは窓から海を眺めていた。すると、彼の唯一の心配の種が学校から戻って来るのが見えた。

少年の名は一郎。

小学校三年生だった。彼はいわゆる問題児ではなかった。ボランティアの若者たちにさからうようなこともなければ、兄弟たち——この教会に住む子供たちをクルーン神父はそう呼んでいた——をいじめるわけでもない。

もちろん、クルーンは、この一郎という少年があまりに感情にとぼしいような気がした。

だが、クルーンの言うことにはよく従った。

一郎はたいへん無口で、兄弟姉妹とも滅多に口をきかないようだった。

彼は、この教会の礼拝堂に置き去りにされた赤ん坊のひとりだった。一郎というのは、そのとき残されていた手紙に書かれていた名前だった。

クルーンは、いつか、この少年とゆっくり話さねばならないと考えていたが、自分の話を理解してもらえるものかどうか不安を感じていた。

もう少し分別がつく年齢になるまで待つべきなのか、それとも早いうちに話し合うべきなのか彼は迷った。

しかし、そのチャンスがやがて巡ってきた。

その夜、クルーンは、夜遅くまでかかってバチカンへの便りを書いていた。緊張のため時間の経《た》つのを忘れていた。

ふと背中でドアが開くのを感じた。

振り返ると一郎が立っていた。クルーンは時計を見た。

夜の十二時を過ぎたところだった。

「どうしたんだ」

クルーンは、なめらかな日本語で語りかけた。「眠れないのか？」

「目が覚めたんだ」

一郎は小さな声で言った。「トイレへ行ったら、ここの明かりがついているのが見えて

……」

クルーンは、神が与えてくれたチャンスだと思った。

「眠たいかい？」

一郎は首を横に振った。

「眠らなくちゃいけない？」

「まあいいさ。こっちへおいで」

クルーンは一郎を来客用の椅子《いす》にすわらせた。

一郎はどこか不安げに神父を見上げていた。明かりは、机の上のスタンドライトだけだ

った。

部屋のなかは薄暗く、どこか秘密めいていた。

クルーンには、本心を分かち合うのにこれ以上の雰囲気《ふんいき》は望めないとさえ思えた。彼は、もとの椅子に戻り、体を一郎のほうに向けた。

「学校はどうだね」

一郎は無言で首を傾けた。

「楽しくはないのかね?」

「別に楽しくもなければ、辛《つら》くもないよ。どうしてそんなこと訊《き》くの?」

「ほかに訊くことが考えつかなかった」

「神父さん、おとなのくせに正直だね」

「おとなは正直じゃないのか」

「そう。たいていはね」

「そうかもしれない……」

「今度は、僕のほうから訊いていい?」

クルーンは、一郎がいつになくよく話すのに気づいた。部屋の雰囲気のせいかもしれない。あるいは、一郎もこういう機会を待っていたのかもしれなかった。

「いいとも」

「神父さんはアメリカ人？」

「いいや違う。アイルランドという国だ。知っているかね？」

「アイルランドはイギリスと戦争をしている国でしょう？」

クルーンは、一郎の学業成績がきわめて優秀なのを思い出した。

「そう。悲しいことにね」

「日本人のなかには、アイルランドがイギリスだと思っている人がいっぱいいるよ」

「北アイルランドは、イギリス王国の一部だ」

「どうして戦争をしているの？」

「北アイルランドがイギリスという国から離れようとしているのさ」

「ふうん……。どうして？」

「言葉、信じている宗教、習慣……いろいろな違いがある。だが、最も重要な点は、誇りだと思う」

「ほこり……？」

「そう。大切なものだ。例えば、一郎が今のままの一郎でいようとするために、ほかの人間と意見が合わないようなことがあるとする。そのとき、一郎は胸のなかに熱いものを感じるだろう。それが誇りだ」

「わかるような気がするよ」

「そうだろうと思う。一郎は、きっと誇り高い男だ」

一郎はしばらく考え込んでいた。

クルーンは、一郎が今の自分の一言を吟味《ぎんみ》しているものと考えて黙っていた。だから彼は、次の一郎の言葉に心底驚いた。

「誇り高い人間には、友だちなんて必要ないんだよね」

クルーンは一郎のどこが問題なのかに気づいた。彼は孤高の少年だったのだ。友だちを作ろうとしないのだ。

「どうしてそう思うんだ？」

一郎はきっぱりと言った。

「誇り高い人はずっと戦い続けなければならない。戦う人のまえに現れるのは敵か味方かどっちかだよ。そうでしょう。味方は友だちじゃない。そのときは味方でも、いつ敵になるかわからない」

クルーン神父は一郎の聡明《そうめい》さに舌を巻いた。子供を諭《さと》すのではなく、今や人間対人間として議論しなければならなくなったことを知った。

「さっき言った例が悪かったかもしれない。誇りと戦いは直接関係ないんだ」

「でも、北アイルランドでは、そのために戦っているんでしょう」

クルーン神父はかぶりを振った。

「北アイルランドに住む人も、この戦いが正しいと思っているわけではないんだ。一部の人々がイギリスに戦いを挑んでいるに過ぎない。北アイルランドの多くの人々は、この行為を犯罪だと考えている。北アイルランドの住民はイギリスに残ることを希望している。しかし、アイルランド人の誇りを失ったわけではない」

「僕だったら戦う側に回るな」

「戦いは何ももたらさない。憎しみがあとに残るだけだ」

「そんなことないよ。一番簡単に結論を出す方法だ。それに、人と人との関係も簡単になる。さっき言ったように敵か味方かどっちかしかいなくなる」

「そんな生きかたはとても淋《さび》しいものだ。友だちは宝だ。いくつになっても友だちというものは必要なんだよ」

「必要じゃない」

クルーン神父は、そのときの一郎の怒りに満ちた眼を生涯忘れないのではないかと思った。

「いいかい、一郎。私はたったひとりで、この町へやってきた。私を見てごらん。眼の色もみんなと違うし、髪の色も違う。来たばかりのときは、今ほど日本語もしゃべれなかった。それでも友だちはできた。そして、その友だちが、私を支えてくれた。故郷から遠くはなれても、私は淋しくなくなった。私はこの町でもひとりでないことに気づいたからだ」

「神父さんと僕は違うよ」

「どう違うんだい。同じ人間だ。人間は、望めば、いつどんなところでも友だちを作ることができる」

「神父さんはおとなだから……」

「おとなも子供も関係ないと思うが？」

「おとなは、親のことをいろいろ言われたりしないでしょう」

クルーン神父は衝撃を受けた。

彼は口をつぐんでしまった。

一郎は言った。

「誤解しないでほしいな。僕はそんなこと気にしてやしないよ。ただ、神父さんと僕はそういう点で違うし、だから考えかたも違ってくるんだと思うんだ」

クルーン神父は、そのとき、一郎の眼にみるみる涙がたまり、やがてひとつぶぽろりとこぼれるのを見た。

クルーンはようやく気づいた。

友だちがほしくない子供などいるはずがないのだ。一郎だってそうだったに違いない。だが、学校では一郎の友だちになろうという子供がいなかったのだ。

一郎が、孤高の少年になり学業がたいへん優秀なのは、そのあたりに理由があるのかもしれなかった。

そして、人間関係を最も単純な形で割り切ろうとする原因も——。

一郎はやがて立ち上がった。

「おやすみなさい、神父さん。話ができてよかった」

ずいた。

クルーン神父は椅子から立ち、一郎の両手を取った。そして、彼は少年のまえでひざま

「待ちなさい」

一郎の黒い眼が、クルーンの目のまえにあった。

「私が間違っていた。許してほしい」

「おとなが子供にあやまるなんておかしいよ」

クルーンは静かに言った。

「一郎、よく聞いてくれ。私とおまえは友だちなのだ。誰《だれ》が何と言おうと」

「そんなのおかしいよ。おとなと子供が友だちだなんて」

クルーンは、かぶりを振った。

「おとなも子供も関係ない。年も、眼の色も、肌の色も、言葉の違いも関係ない。一郎は私の友だちだ。そのことをわかってほしい」

「僕、友だちなんて、ほしくないよ」

「私が一郎の友だちになりたいんだ」

一郎は不思議そうにクルーン神父の顔を見つめていた。

「もう寝ていい?」

クルーンは手を離した。

何も言うべきことはなかった。

「いいとも」

一郎はドアの外へ消えた。


翌年、一郎に里親がつき、遠くの大きな町へ引っ越していった。

クルーンのもとへ、手紙が一通きただけだった。

月日が経ち、一郎が成人する年になった。その年に、クルーンは里親から、一郎が行方不明になったという連絡を受けた。

大学に通っていた一郎は、ヨーロッパに留学した。そして、フランスで消息を絶ったのだという。

クルーンは神に一郎の無事を祈った。彼にはそれしかできることがなかった。

クルーンはそんな自分にいら立ち、腹を立てていた。

2

アフリカ北東部の某国。

サバンナは、砂漠に年々侵食されつつあった。サバンナをはさんで砂漠と反対側に、熱帯広葉樹林があった。

そのむこうに、白い建て物が立ち並ぶ近代的な都市がある。

今、ジャングルから、高い青い空にむかって銃声が響きわたった。

それを合図に、マシンガンが咆哮《ほうこう》した。

ジャングルのなかに人影は見えなかった。

隣国からの侵略を、ゲリラが辛うじてくいとめていた。ゲリラたちは、正式の軍人たちではなかった。

ほとんどが貧しい農民だった。本来ならば彼らは戦いのなかで一日だって生きてはいられないはずだった。

たったひとりの男が、彼らを、この国で一番腕の立つゲリラ部隊に仕上げてしまったのだ。

その男は日本人だった。

日に焼けた精悍《せいかん》な顔はいつも無表情だった。彼が笑った顔を見た者はひとりもいなかった。たくましい体格は、典型的な兵士のものだった。

スポーツ選手のように特定の筋肉だけが発達しているわけではない。全身に無駄のないしなやかな筋肉がついており、その上を、うすい脂肪の層がおおっている。

俊敏性と持久力の両方を合わせ持っていることを物語る体格だった。

彼はイチロー・クルーンと名乗っていた。年齢は三十五歳。彼は、少尉の階級章をつけていた。

今、彼は、敵の陸軍特殊部隊を相手に戦っているのだった。

イチロー・クルーンは自分の身長ほどもあるシダの茂みの陰で部下たちの動きを見守っていた。

姿は見えなくても、彼には部下たちの動きがよくわかった。

敵は、一度散開して、じわじわと包囲網を縮めつつあった。

さきほどから発砲しているのは敵の陸軍特殊部隊だった。

イチロー部隊は、まだ一発も発砲してはいなかった。

イチロー・クルーンは、幾重にも蔓《つた》のからまった大木の葉がかすかに揺れるのに気づいた。

ソビエト製アサルトライフルAK74を持った狙撃兵《そげきへい》が位置についたことを知った。AK74は、小口径の5・45ミリ高速弾を使用する。

ソ連の息のかかった紛争地域で、必ずお目にかかるライフルだ。

イチロー・クルーンは、指向性地雷を木にくくりつけていた部下が作業を終えるのを確認した。

彼は、AK74と同じシステムで、台尻《だいじり》がパイプでできており、運搬に便利な折りたたみ式のAKS74を胸に抱いていた。

敵の陸軍特殊部隊は、教科書どおりに、巧みに障害物を間にはさみながら前進してくる。

イチロー・クルーンは、大きく深呼吸してから、AKS74をコッキングした。

次の瞬間、彼は、シダの陰から飛び出し、AKS74を、フルオートで掃射した。

そして、すぐさま、深いシダや湿原性の植物の生い茂る地面に伏せた。

敵は即座に撃ち返してきた。カービン銃とサブマシンガンがフルオートで掃射される。

イチロー・クルーンが身を隠していたシダは、たちまちずたずたになって飛び散った。

だが、イチロー・クルーンはすでにそこにはいなかった。

腰まである下生えのなかを進み、敵の包囲の一端に近づきつつあった。

イチロー・クルーンは、再びフルオートで掃射した。

ふたりの敵が倒れた。包囲が破れた。どこからともなく、味方が現れた。

味方は、イチロー・クルーンの両側から姿を見せた。

ひとりは、チェコ製のVz58Pアサルトライフルを持っている。外観はAK74の前身であるAK47に似ているが、それよりも軽量で、遊底の機構がまったく異っている。たいへんすぐれた銃だ。

もうひとりは、ゲリラやテロリストの代名詞ともなっているチェコ製のサブマシンガンVz61スコーピオンを手にしている。

ふたりは、イチロー・クルーンの両側に立つと即座に撃ち始めた。

その間にイチロー・クルーンはバナナ型のマガジンを捨て、新しいマガジンをAKS74に叩《たた》き込んだ。

三人は、木の陰に隠れながら撃ち、徐々に後退していった。

包囲を破られたことを知った敵は、三方から、イチロー・クルーンたちを追い始めた。

イチロー・クルーンたちは、後退を続ける。やがて敵は合流して、追撃戦を展開し始めた。

イチロー・クルーンは、さっと手を上げた。

両側にいた味方は撃つのをやめ、たちまちブッシュのなかに駆け込んだ。イチロー・クルーンも同様にした。

そのとたんに、爆発が起こった。一方向だけに爆発の力を集約する指向性地雷だった。

イチロー・クルーン部隊は、それを地面に埋めず、木にくりつけ、ピアノ線でブービートラップを作っていたのだった。

ジャングルでは下草が密生しているため、穴を掘ればすぐに見破られてしまう。

指向性地雷は、一気に敵三人を吹き飛ばした。

敵は、再び散開しようとした。

イチロー・クルーン部隊の狙撃兵が、樹上から撃ち始めた。

正確にひとり、またひとりと敵を倒していく。

残った敵は、半ば恐慌をきたして、散りぢりになろうとした。彼らは、ようやくおびき寄せられたことに気づいていた。罠《わな》にはまったうさぎだった。

ある者は、マシンガンを撃ちまくりながら逃げ出そうとした。フルオートで撃ち続けていたのでたちまちマガジンが空《から》になった。銃身の焼ける独特のにおいがする。

弾が尽きたとたん、その男の後ろに、何者かが歩み寄った。男は、さっと口をふさがれ、背中にナイフを突き立てられた。

ナイフの刃は、肩甲骨の下から入り、肋骨《ろっこつ》の間を滑って心臓に達した。

声もなく男は息絶えた。

クルーン部隊のゲリラは、銃を取り上げると、さっとジャングルの濃密な緑のなかに溶け込んだ。

「退却」

敵のリーダーが叫んだ。声はかすれていた。わずかに残った敵は撤退を始めた。

イチロー・クルーンは、さっと樹木の陰から姿を現し、戦意を失った敵に容赦なく弾を浴びせた。

たちまち敵は全滅した。

静寂がやってきた。硝煙と血と、兵士たちが死の瞬間にたれ流した排泄物《はいせつぶつ》のにおいがした。

四方から、イチロー・クルーンの部下が現れた。彼らは勝ちどきを上げることもなく、きわめて淡々と倒れた敵の生死を確認し、武器を奪った。

彼らは、リーダーのように終始無言だった。

イチロー・クルーンは、部下たちにうなずきかけると、背を向けて、ジャングルのなかを歩き始めた。

初めてこの熱帯雨林に足を踏み入れた文明人は、十メートルも進まないうちに音《ね》を上げるだろう。

しかし、イチロー・クルーンは、散歩をするような足取りで進んだ。

部下たちも同様だった。

やがて彼らは、現れたときと同じく、静かにジャングルのなかに消えていった。

アフリカでのイチロー・クルーン部隊の戦いは、あっけなく終わりを迎えた。

国力の疲弊を恐れた敵国が、領土の線引きを呑《の》み、停戦となったのだった。

イチロー・クルーンは、事実上、英雄だったが、そういった扱いは受けなかった。

それればかりか、戦争犯罪人のリストに名をつらねるはめになった。彼は、その国を出ることを余儀なくされた。

傭兵《ようへい》のさだめだった。

戦いのないところに、彼がいる理由はないのだった。

部隊を去ろうとする日、人目を避けて部下たちが集まり、イチロー・クルーンを驚かせた。

部下たちは、英雄を見送る眼をしていた。

だが、イチロー・クルーンは冷たくそれを無視した。

「私は、すでにおまえたちのリーダーではない。無関係の人間だ」

漆黒《しっこく》の肌をした軍曹が言葉を返した。

「いえ、今でも偉大なる指導者です」

「私は自分が生き残るためにおまえたちを鍛えた。ただそれだけだ」

「それでも結構です。自分たちは、少尉といっしょに戦えたことを誇りに思います」

「誇りだと?」

イチロー・クルーンは初めてわずかに感情を表した。かすかにあざけるような口調になった。

「他人に誇りをゆだねるようなまねはよせ。誇りは自分だけのために取っておくんだ。そして、それを守りたかったら戦え。戦い続けるんだ」

「しかし、許していただけるならば、自分たちは少尉どのを戦友とお呼びしたいのですが……」

イチロー・クルーンはきっぱりと言った。

「それだけは許すわけにはいかん。いつも言っていたことを忘れたのか？　戦う人間のまえに現れるのは敵か味方か、だ。今度会うときは、私はおまえたちの敵になっているかもしれない。それを忘れた兵士の運命は死あるのみだ」

イチロー・クルーンは、それだけ言うと、さっと部下たちに背を向けて、飛行機のタラップへと歩き去った。

部下たちはいっせいに敬礼をしたが、イチロー・クルーンは一度も振り向かなかった。

3

三カ月の後、イチロー・クルーンは中南米に向かう輸送機のなかで、銃をかかえてうずくまっていた。

今度手にしているのは、アメリカ製のアサルトライフルM16A2だった。ベトナム戦争で有名になったM16の改良型でM16ファミリーの最新型だった。

彼と同じような野戦服を着た男が十三人いた。

誰もが一癖ありそうな面構《つらがま》えをしている。人種もまちまちだった。彼らは傭兵だった。

イチロー・クルーンは新しい戦場へ向かっているのだった。

隣りのたくましい白人が、イチロー・クルーンを見てにやりと笑った。

「おまえ、中国人か?」

イチロー・クルーンは無視した。白人の表情に、明らかに小ばかにしたようなところがあったからだった。

返事をしないイチローに、白人は腹を立てた。

「おい、返事をしろ。イエローモンキーは、白人に対してどういう態度を取るべきか、ここで教えてやってもいいんだぞ」

イチロー・クルーンはあいかわらず無言だった。

白人の顔に朱がさした。

彼は、さっと立ち上がってイチローの前に回った。巨漢だが動きは素早かった。

彼は、イチローの胸ぐらをつかんで引き立てようとした。

イチローは、面倒臭げに、胸ぐらをつかんでいる男の右手首の内側に、M16A2の銃身を当てた。

そして、銃身の上を握ると、銃身と前腕部を使いハサミのような形で手首を締め上げた。M16A2の銃身は手首の急所にぴたりと決まっている。その上、テコの応用で力はまったくいらなかった。

白人の巨漢は悲鳴を上げた。

イチローは、そのまま、銃の台尻を男の脇《わき》に差し込んでひねった。

男は簡単にひっくり返った。

古武術の棒による捕り手によく似ていた。事実、イチロー・クルーンは、東西の武術・

格闘術に精通していた。その卓越した技術が一流の傭兵になるのを助けていた。

十一人の傭兵は、失笑した。

白人の巨漢は起き上がり、手首をもみながらイチロー・クルーンを睨《にら》みつけていた。今にも飛びかかりそうな顔つきだった。

「よせよ、でかいの」

ラテン系の男が陽気な声で言った。

白人の巨漢はその声のほうを振り向いた。

「黙ってろ！　きさまもぶちのめすぞ」

ラテン系の男は、凶悪そうな笑いを浮かべた。

「おまえ、モグリじゃないのか？」

「何だと？」

「その日本人の正体が知りたいのなら、俺《おれ》が教えてやるよ。フランスのマルセイユから、数々の伝説が生まれた。フランス外人部隊は傭兵の出発点だからな。その日本人も、その伝説のなかの人物だ。チャド、アフガニスタン、カンボジア、ニカラグア……。さまざまな紛争地帯で戦い、名を残してきた。傭兵なら、誰だって知っている。そこにいるその男が、イチロー・クルーンだよ」

白人の巨漢はさっとイチロー・クルーンのほうを見た。

イチローは、まったく無関心だった。まるで他人《ひと》ごとのように、床を眺めて、もとのように背を丸めてすわっていた。

「イチロー・クルーン……」

白人は、つぶやくと亡霊を見るような顔になった。

彼は、悪態をつくと、イチローから離れた位置に、どっかと腰を降ろした。

ラテン系の男は言った。

「十三人。まったく縁起のいい数字だぜ。そのうえ、イチロー・クルーンという悪魔が味方なんだ。こりゃ、今回も死ねそうにないな」

二本の道がVの字を描いて延びている。

その二本の道がぶつかるところに、古びた教会が建っている。

漆喰《しっくい》はひび割れ、ところどころはがれ落ちていた。さらに、壁やステンドグラスに点々と銃弾の痕《あと》があった。

教会から見て、右側の道が商店街だが、今はどこもシャッターを閉じている。昼寝《シエスタ》の時間でもあるのだが、おそらく四時を過ぎても店を開けようとする者はいないだろう。

遠く近く、砲撃の音や銃声が聞こえているからだった。

左側の道を行くと、酒場があり、さらに町のはずれに、娼館《しょうかん》があった。

教会の前の広場を中心に町は広がり、漆喰の壁の民家が密集している。

その間を細い路地が網の目のように這《は》っている。

この南米の片いなかの、どこにでもあるような町が、反政府ゲリラの拠点だった。ゲリラたちは、この町の細く複雑な路地を利用して、巧みな市街戦を展開して政府軍の手を焼かせていた。

イチロー・クルーンたちは、その反政府ゲリラ一掃のために送り込まれたのだった。

巨大な太陽は、ちょうど中空に位置している。空は青く晴れわたり、空気は乾燥していた。

広場にはまったく影はない。家と家の間の路地は、まぶしい陽光のせいで、ひどく暗く感じられた。

建て物の角に身を寄せ、イチロー・クルーンはじっとあたりの気配をさぐっていた。しんと静まりかえって、ゴーストタウンのようだった。白い教会のはるかむこうは、大地がかすかに黄色くかすんでいた。風が出て、埃《ほこり》が舞っているのだ。

物音がして、イチロー・クルーンは、M16A2を反射的にそちらに向けた。鶏が、日向《ひなた》の道を横切って行くのが見えた。

彼は小さく溜《た》め息をついた。

野戦服の下を汗が流れていた。頰《ほお》をつたい顎《あご》から汗がしたたった。

しかし、彼は暑さを感じていなかった。イチロー・クルーンは、敵のフィールドで戦っているのだ。

市街戦では地の利がものをいう。

不利な戦いのなかで、彼は、神経を張りつめていた。

突然、イチローがいる路地に面している建て物の二階の窓が開いた。ウージー・サブマシンガンが吠《ほ》えた。

イチロー・クルーンは、表通りに身を投げ出した。

とたんに、三方の屋根の上からライフルの弾が襲いかかってきた。

彼は、一瞬も止まらなかった。身を投げ出したとたんに横転を始め、別の路地に飛び込んだ。

汗に濡《ぬ》れた顔に土がつき、それが、新たに噴き出た汗で流れた。顔にまだらの模様ができた。

イチローー・クルーンは、屋根の上を見渡した。

見渡せる範囲は限られていた。しかし、イチローは、頭が見え隠れするのを見逃がさなかった。

彼は、M16A2をさっと肩に当てて構えた。照星を睨みながら、再び敵が顔を出すのを待った。

首筋を汗がつたった。イチローはぴくりとも動かなかった。

敵が、一瞬顔を見せた。ぴたりと照星にとらえた。イチローは、まったくためらわずトリガーを絞った。

小気味いい銃声がとどろき、敵は声もなくのけぞり屋根から落ちた。

イチロー・クルーンは移動しなければならなかった。発砲するということは、敵に自分の位置を知らせることでもある。

イチローは、路地から路地へと駆け抜けた。彼にとっては迷路のようだった。それが問題だった。ゲリラたちは、その道を知り尽くしているのだ。

さらに、彼らはどの建て物にひそんでいるかわからない。

今や、イチロー・クルーンは完全にひとりだった。

送り込まれた十三人のうち、五人は、作戦を聞いただけで、参加を断った。傭兵としては滅多にないことだが、賢明な判断ではあった。

彼らは、自費でこの国を出なければならなかったが、命に比べれば安いものだった。

そして、イチローとともにこの町に入った七人は、すべてこの世に別れを告げていた。

敵の町で戦うというのはベテランの傭兵にとっても無謀な作戦なのだった。

しかし、ゲリラのほうも被害は甚大だった。すでに、イチローたちは、二十人以上のゲリラを撃ち殺していた。

イチロー・クルーンは、決して死ぬことを考えてはいなかった。常に生きのびる可能性を冷静に判断していた。

正確に言うと、生死すら問題ではなかった。戦い続けることが大切だと考えているのだった。

彼は、この町で最も安全な場所はどこか考えた。

民家の間から、ふと教会の尖塔《せんとう》が見えた。それは強烈な太陽の光を受けて白く輝いていた。

イチローは、教会が唯一安全な場所のような気がした。育った環境がそう思わせたのかもしれなかった。教会を見たとき、ほんの一瞬だったが、ひどくなつかしい気分になった。もし、教会が本来の機能をまだ果たしているのなら、イチローにとってはこの町で一番安全な場所ということになる。

しかし、教会もすでにゲリラの拠点の一部になっていることも考えられる。

可能性は五分五分だった。

イチロー・クルーンは教会まで行ってみることにした。迷路のような路地を逃げ回っていたって殺されるのを待つようなものだった。

もし、教会がゲリラの巣と化していないとしたなら、そこにこもって、それなりの戦いかたもできるはずだった。

イチローは一歩踏み出した。

とたんに、足もとにさっと土埃が上がった。敵が、路地の入口に現れてウージー・サブマシンガンを掃射したのだ。

イチローは、腰だめで、M16A2を撃った。フルオートだった。敵は瞬時に十数発の弾をくらい、大きなハンマーで殴られたように後方に吹っ飛んだ。

残りのゲリラが何人いるか、正確にはわからなかった。だが、十人に満たないことは明らかだった。

何とか持ちこたえていれば、政府軍の応援がやってくるはずだった。

イチローは、駆けた。

暗い日陰の路地から急に陽光のあふれる表通りに出たので、ひどくまぶしかった。

イチロー・クルーンは建て物の壁にそって、姿勢を低くして駆けた。

突然、向かい側の建て物の窓ガラスが割れ、そこから銃が突き出された。AK74だった。

かつてイチロー・クルーンが使っていたのと同じシリーズのアサルトライフルだ。

イチローは、迷わずそこめがけて、三発連射した。

AK74がフルオートで火を吹いたのと、まったく同時だった。

イチローは、激しく左側に体をひねった。肩を突かれたように感じた。すぐうしろの壁にぶつかり、見ると、壁に血がついていた。

肩を撃ち抜かれたのだった。

左手がしびれて動かなくなっていた。痛みはない。ショックのせいだった。銃で撃たれた痛みは、ショックが薄らいでからやってくる。

一瞬足がもつれたが、彼はすでにそういった感覚には慣れていた。脳貧血を起こしたような状態だった。

ＡＫ74を持った敵は沈黙していた。

イチロー・クルーンの肩に負傷させる代償にその男は自分の命を差し出したことになる。

イチロー・クルーンは、広場の端までたどりついた。そこからが問題だった。狭い広場ではあるが、身を隠すものがまったくない。敵に完全に姿をさらすことになる。

だが、教会へ行くには、その広場を横切らなければならないのだ。

教会でゲリラたちが待ち受けているのではないかという考えが頭を横切った。

彼は、あえてそれを無視した。

その場にいれば、どのみち、生きてはいられないのだ。

イチロー・クルーンは、広場から二方向へ延びている通りに油断なく眼を配った。

彼は周囲に眼を配りながらポケットをさぐった。

手榴弾《しゅりゅうだん》が一個だけ残っていた。アメリカ製で、パイナップル型ではなく、ベトナム戦争時代に改良されはるかに強力になったエッグタイプと呼ばれる手榴弾だった。

彼は、左手でM16A2の銃身の上部についているハンドルを握り、右手で手榴弾を握った。

四百五十グラムのエッグタイプ手榴弾には三・五秒信管がついている。ピンを抜き、クリップが離れてから三・五秒で爆発するわけだ。

イチロー・クルーンは、さきほど、AK74を持ったゲリラがひそんでいた窓を見た。

彼は、歯で手榴弾のピンを抜いた。クリップを離すと、ビーンという音がしてバネで弾《はじ》けた。

シューという信管が発火する音がする。イチローは、二秒待って、正確に窓に手榴弾を放った。

たとえその建て物にゲリラが残っていなくてもいい。爆発によって彼らの度肝を抜くのが目的なのだ。

予想よりずっと大きな音がした。今までが静かすぎたのだ。

爆風は、小さな漆喰塗りの建て物のすべての窓を吹き飛ばした。

イチロー・クルーンは、その瞬間に駆け出していた。左肩が痛み出していた。やがて吐き気がするくらいの痛みになるだろう。

彼の後を銃弾が追った。

すんでのところで、蜂《はち》の巣にされるところだった。だが、わずかにイチロー・クルーンのほうが早かった。

彼は、教会の木のドアを、体当たりするように開け、すぐに閉めた。彼は、ドア越しに撃たれないように即座に脇の壁に身を寄せた。

ゲリラたちは、ドアを撃とうとはしなかった。

突然、静寂が訪れた。

しばらくは、暗さに眼が慣れなかったが、やがて、聖堂のなかがはっきり見てとれるようになった。

聖堂は充分に管理されているようだった。すべてはあるべきところにあり、燭台《しょくだい》には明かりが点《とも》されてさえいた。

今にもミサが始まりそうだった。

イチロー・クルーンは、教会が正常に運営されているのを知り、ひとまず安心した。すると、肩の傷が猛烈に痛み出した。

彼は、ドアの脇の壁に崩れるようにすわり込み、ポケットからアルミのパッケージに入った救急セットを取り出した。

苦労して服を脱ぎ、傷口を消毒する。血はまだ流れ出していた。清潔なバンダナを丸めて傷口に押し付け、粘着包帯をきつく巻いた。

貫通銃創だったので、前後二カ所に傷口があり、やっかいだったが、何とかやってのけた。

再び野戦服に袖《そで》を通すと、すわったまま、耳を澄ましていた。

敵は、じきに教会を襲撃してくるだろう。その態勢をととのえているに違いなかった。

つかのまの安らぎだった。

彼は正面のキリスト像を見た。とたんに彼は、幼いころの習慣を思い出した。

立ち上がると、体が自然に動いた。

彼は祭壇に近づき、聖水に指をひたした。そして、祭壇に向かってひざまずいた。

祭壇の左側にある聖具室で音がした。

イチロー・クルーンは、肩にかけていた銃をさっと構えた。

聖具室のドアが開いて、司祭姿の神父が現れた。

神父はイチローを見ても驚かぬ様子だった。

「お祈りの邪魔をしましたかな」

神父は言った。「だが、こういう場所に、銃はあまりふさわしくない」

年老いた神父だった。髪はすでに白くなっている。だが、体格はよく、青い眼は生きいきと輝いているようだった。

神父は近づいてきた。

すると、今までまったく平静だったのに、その顔に驚きの表情が広がった。

彼は信じられないというように、わずかにかぶりを振り続けた。そして、言った。

「一郎……。一郎じゃないか……」

イチロー・クルーンは、銃口をあいかわらず神父に向けたまま、眉《まゆ》をひそめた。彼は、老神父の顔を見つめた。あることに気がついた。

「クルーン神父……?」

「そのとおりだ。いったいどうして、おまえがこんなところに……」

イチローはその問いには答えなかった。

「この教会に、ほかに人はいるのか？」

「私だけだ。戦闘のない日は、近所の娘がひとりあれこれ手伝いをしてくれる」

「ゲリラたちは、ここまでは入り込んでいないのだな」

「私がイエズス会の名において許さない」

イチローは銃をおろした。

クルーン神父はイチローをしげしげと眺めた。

「おまえのことを忘れたことはなかった。無事でいてくれることを祈っていた。今のおまえを見ると、どんな生きかたをしてきたかわかるような気がする」

「私は、私の信ずるままに生きた。それだけだ」

「わかっている。おまえはそういう子供だった」

イチローは、聖具室のドアを見た。

「あのむこうはどうなっている？」

「居住区につながっている。食堂があって、そのむこうが居間だ」

「ということは別の出口があるということだ」

イチローは、そのドアに近づこうとした。そして、はっと身を引いて離れた。

ドアからゲリラが三人飛び出してきた。彼らは、それぞれ、ウージー・サブマシンガンやＡＫ74を構えていた。

いつものイチローなら、即座に三人を撃っただろう。だが、そのとき、彼は発砲しなかった。

大きな音がして、表の聖堂のドアが開いてゲリラが現れた。

「ここをどこだと思っている」

クルーン神父が怒りをあらわに怒鳴《どな》った。

ゲリラのひとりが言った。

「神父さん。ここが聖なる場所だということは知っている。だから、われわれは、そこにいる悪魔を連れ出しに来たんだ」

「悪魔だと……？」

「そこにいるのは、イチロー・クルーンという傭兵だ。政府軍に加担して、われわれの仲間をたくさん殺した」

「イチロー・クルーン……？」

クルーン神父はイチローの顔を見た。イチローは無表情だった。

ゲリラは、イチローに言った。

「銃を捨てろ」

イチローはおとなしく従った。

「さあ、こっちへ来るんだ」

イチローが進みかけた。その前にクルーン神父が腕を差し出した。

「この男をおまえたちにわたすわけにはいかなくなった」

ゲリラのひとりが目を細めた。

「何を言ってるんだ神父さん」

「この男は……。私と同じ名を持つこの男は、私の大切な友人なのだ」

「友人？　この悪魔が？　神父さん。この男は、あんたを楯《たて》にしてでも生きのびようとする人間だ」

「この男のことはあきらめて、すぐに出て行け」

そのとき、遠くから自動車のエンジン音が聞こえてきた。一台ではない。複数のジープの音だった。

イチローは、頬をゆがめて笑った。

政府軍の援軍に違いなかった。

「くそっ」

ゲリラたちもそれに気がついた。

正面にいたゲリラがウージーのトリガーを絞った。彼は、神父もろともイチローを殺すつもりだった。

イチローは、神父に体当たりした。ふたりは、ベンチの間に転がり込んだ。

倒れたとき、イチローはすでにＭ16Ａ２を手にしていた。

たった二発で正面の敵を倒した。

そして、撃つ隙《すき》を与えず振り向きざま、フルオートで掃射した。

聖具室のまえにいた三人は何が起こったのかわからないまま息絶えていた。

イチロー・クルーンはゆっくりと身を起こした。

クルーン神父が顔を上げた。彼は立ち上がりつぶやいた。

「何ということを……」

彼は、祈りの言葉をとなえ始めた。

そして、イチローのほうを向いた。

イチローが言った。

「撃たなければ、撃たれていた」

「わかっている。おまえはそういう世界で生きているのだ」

「私は、このまま消える。政府軍も信用できるわけではない。利用価値がなくなった傭兵はどんな目にあわされるかわからないのでね」

「これから先も、こんな生きかたを続けるのかね」

イチローはこたえなかった。

「ひとつ教えてくれ。なぜ、私の名を名乗っていたのだ?」

「特に理由はない」

「私という友人がいることを忘れないためじゃないのか?」

イチローは戸口に向かった。

そこで立ち止まり振り向いた。

「そうだったのかもしれない」

「これからも忘れないでいてくれ。私はおまえの友人だ。どこにいても」

イチローは去って行った。

政府軍が死体の処理を始めた。

クルーン神父は、じっと立ち尽くしていた。


それ以来、イチロー・クルーンの噂《うわさ》はとだえた。彼は戦場から姿を消したのだった。

数年後、七十四歳の誕生日を迎える日、クルーン神父はいつものように教会の庭に水をまきに出た。

戦いの中心は国境付近へ移り、この町は、比較的平穏な日が続いていた。

神父は、庭に誰かが立っているのに気づいた。

その男は白いスーツを着てバラの花束を持っていた。誕生祝いに違いなかった。

クルーン神父には、それが誰だかすぐにわかった。彼は、水まきの道具を放り出して、子供のように駆け出した。

一郎が花束を差し出していた。

テイク・ザ・ビーフラット

1　ピアニストが笑う

「オーケイ。じゃ、ブルースでもやってみよう。トニー、代わってやんな」

おそろしくしわがれた声に命じられ、ドラマーは、スツールから腰を上げた。

スティック・ケースを持って俺《おれ》はそのドラム・セットにおさまり、スティックを二本取り出した。

ピアニストがしわがれた声で言った。

「キーはビーフラットだ」

ベーシストとサックス奏者は、面倒臭げに立ち上がって定位置についた。

俺の掌《てのひら》は何もしないうちから汗でびしょびしょになっている。ハイハットのペダルを踏む左足が、頼りなくもかすかに震えている始末だ。

「ヘイ。どうした、ジャップ」ベーシストが声を掛けて来た。「あんたがカウントを取ってくれなきゃ、俺たちゃ演奏を始められないんだぜ」

三人のでかい黒人に囲まれ、すっかり俺はナーバスになっちまっていた。今自分がいるのが、ファイブ・スポットやバードランドなどと並んでジャズのメッカになっている〝サヴォイ・ボールルーム〟であるという事実も俺を舞い上がらせる要因のひとつとなっていた。

おまけにベーシストは、おそろしく粋な米語を使ってくれる。言葉の間に、〝神のみぞ知る〟だとか〝この世の中の誰も〟などという決まり文句が情け容赦なく顔を出してくるという訳だ。どうにか俺は彼の言葉の意味を理解してスティックを持った両手を持ち上げた。

俺はピアノの方を見ながら、ミディアム・テンポのカウントをスティックで打ち鳴らした。

俺が右手でトップシンバルのレガートを始めたそのほんの一呼吸後で、ピアノとベースが全く同時に最初の一音を発した。

絶妙のタイミングというのは、このことだ。このほんのわずかのずれが積み重なって黒っぽいビートを作り上げていく。

十六小節のワンコーラスが終わると、中音域でコードワークをしていたピアニストの右手がオクターブ上へ移動して突然鍵盤に叩《たた》き付けられた。和音に急襲されて、ほんの一瞬だが俺は戸惑った。その隙《すき》に、ベーシストが、俺の頭越しにピアノに対して三連の音団で応酬した。

それを合図に、サックスが飛び込んで来てソロを取った。ビートを度外視したようなフリー・フォームに近い速いソロだ。自信に満ちた大きな音で次々とフレーズを繰り出してきて、リズム・キーパーである俺をフリー・フォームへ引きずり込もうとしているようだ。ベーシストは悠々とフォービートのウォーキング・ベースを後乗《あとの》りで続けている。ピアノはバッキングに徹しているが、ビートのアタマといわずウラといわず、奔放にアクセントの不協和音を叩き出して来る。

俺はいったい誰に付けばいいのか判《わか》らず、リズムをキープするのが精一杯という有様だった。もちろん、日本で演《や》っている時はそんな事は絶対になかった。この三人は誰かの力量が劣っていればすぐにその防御を打ち破って自分のリズムとペースで演奏しようとする。それをおしとどめておけるパワーと技術がなければ彼らとは演《や》れないのだ。

サックスのソロはツーコーラス目に入ってますます熱を帯びてきた。ハイ・スピードで並べられる音が和音を感じさせて移動していく。いわゆるシーツ・オブ・サウンドというやつだ。

俺は自信のあるバスドラムのフレーズを続けて踏み鳴らして自分のペースを取り戻そうとした。

ソロがサックスからピアノへと移った。いきなり低音域の和音が展開し、ピアニストの十本の指が八十八の鍵盤を全力疾走し始めた。にもかかわらず彼の全身は実にリラックスしており、目にはとびきりの美女のヌードでも眺めているようなうっとりとした甘い光があった。

俺は彼をマークした。

左足のハイハットと右足のバスドラムでリズムをキープしておいて、左右のスティックで応戦態勢をととのえておいたのだ。速いパッセージに対して、俺はスネアの連打で応え、低音域の音の固まりにはトップシンバルのレガートを外して、フロアタムとサイドシンバルの強打を返してやった。

半ば意識せずに左右のスティックが宙に軌道を描き始めた。ようやく俺は高揚感を覚えてきた。ベースの音がしっくりと俺の後ろへ回ってゆくように感じる。額から頬《ほお》に、ゆっくりと汗が流れるのが判った。

突然、ピアノが出鱈目《でたらめ》な和音を続けざまに鳴らしてきた。演奏ストップの合図だ。ピアニストは唇をゆがめ目を細めると何も言わずに立ち上がった。

リハーサルが終了した事を知ったベーシストとサックス奏者もそれぞれ楽器を床に置いてステージを離れようとした。三人とも口を開かなかった。

ピアニストは客席で演奏を眺めていたドラマーの顔を見た。ドラマーも何も言わず肩をすくめて見せただけだった。

四人のプレイヤーは、それぞれバラバラの行動を取り始め、取り付く島もないといった風情だった。

ピアニストはバーでビールを飲み始めていた。いつまでもステージの前で立ち尽くしている訳にもいかず、俺は主人の御機嫌をうかがう犬の足取りでピアニストに近付いた。黒人ピアニストは無言でビールを咽《のど》に流し込んでいる。俺はしばらくその背を見つめたままでたずんでいたが、意を決して、その隣りのスツールに腰を降ろすことにした。ビールを注文すると俺も同じように黙ってそれを飲み始めた。事がうまく運んでいないのは誰の目にも明らかだった。自分の演奏は悪くなかったと、俺は自分で自分に言って聞かせた。ニューヨークの一流ジャズマンたちと互角に演《や》ってのけたのだ。

今、俺の隣りに腰掛けているのは、一流中の一流、ピーター・クラッパーだ。彼はトミー・フラナガンやハンク・ジョーンズ、ケニー・ドリューらと肩を並べるベテラン・ピアニストで、俺の学生時代からのアイドルだった。

ピーターは、でっぷりとした巨体をわずかに反《そ》らしてビールの最後の一口を飲み干すとジョッキをカウンターに大きな音をたてて置いた。そのまま、じっとそのくもりのあるガラス製のジョッキを見つめ、もう一杯もらおうかと思案しているかのようだった。

どのくらいそうしていただろう。俺はただどうすることもできずビールを口の中に流していた。何の味もしなかった。ビールはただ緊張のためにカラカラに乾こうとする口の中を潤す役にしか立っていなかった。

白いものが混じったピーター・クラッパーの顎鬚《あごひげ》がかすかに動いた。俺は、そのじっとジョッキに注がれたままの大きな目を脇《わき》から見つめた。しわがれた声でピーターは言った。

「日本人《ジャパニーズ》。何かこの俺に用か」

　もう先程のことなど忘れてしまっているような言い草だった。俺はこのまま席を立って帰ろうかと思った。また出直せばいいのだ。ピーターのもとへ、お目通りを願うために足を運んだ日数の記録をちょっとばかり更新してやるだけのことだ。

「用があるなら、さっさと言っちまう事だ。もうじきステージが始まる」

「話をしたいと思っただけさ」

「俺はむずかしい話は苦手だぜ」

「もういいさ。また出直して来る」

　ピーターはバーテンダーに太い人差し指を立てて見せた。あふれ出た泡をあたりにまき散らしながら新しいビールがすぐさま、その目の前に勢いよく置かれた。ピーターはそのビールをがぶりと一口あおった。

「よかあねえ」ピーターは言った。「これ以上訳の判らねえジャップに付きまとわれるのはご免だ。何が言いたいかはっきり言ってみろ」

　俺は深呼吸した。今、目の前にいるのは長年の俺のアイドルではない。同じジャズマンで、しかも老いぼれだ。俺は努めてそう考えた。

「俺はレッスンをしてもらいたくてあんたのところへやってきた。いろいろ人を頼ってどうやったらあんたと話ができるかを教えてもらってようやくあんたと一緒に演《や》れるところまでこぎつけたという訳だ。有り金全部かき集めて日本からやって来たんだ。俺の演奏について批評が聞きたい」

「批評だって」

ピーターの眠たげな目つきに変化はなかった。

「そんなものはジャーナリストに任せておけ」

「俺はあんたの言葉が聞きたいんだ。じゃなきゃ何のために日本からやって来たのか判らない」

「自由の女神でも見物して帰るんだな」

「日本人がジャズを演《や》るのが面白くないのか」

「誰がそんな事を言った」

「だったら……」

その時、ホールの奥から誰かが大声で何事かを叫んだ。ピーターはその方向に左手をひらひらさせて見せた。

「スタンバイだ、坊や。居たいんなら、俺のステージを見て行っていいぜ」

俺は言いかけた事を忘れてしまった。ピーター・クラッパーはのっそりと立ち上がると、太った巨体をもてあまし気味にステージの方へと歩いて行った。

2　苦いラム

二十八になる男をつかまえて坊やもないもんだ。俺は苦笑しようとして失敗した。比嘉隆晶《ひがりゅうしょう》といえば日本ではいまやトップ・ドラマーだ。自惚《うぬぼ》れている訳ではないが、俺にはそれだけの自信と責任感があった。

だがさすがにニューヨークの壁はしたたかにぶ厚かった。ピーターあたりから見れば、この比嘉隆晶もやはり〝坊や〟でしかないのだ。

強い酒が欲しかった。俺はビールを飲み干すとバカルディ・ラムのゴールドをストレートでもらった。こいつは口に含んだ瞬間に舌の上でパッとはじけ、そのまま熱いしたたりとなって胃の中へ落ちて行った。

ステージでは演奏が始まっていた。一曲目は〝インプレッションズ〟だった。

先程俺が感じたプレイヤー同士が勝手に外に飛び出そうとする力が、ぎりぎりのところでバランスを保ち、ぴんと糸を張ったように緊張感のある演奏だ。それでいて個々のプレイヤーはやはり実にリラックスしている。

俺はステージから目をそらして、初めてピーター・クラッパーのところへ顔を出した時のことを思い出していた。

五年前にピーターのところで修業した日本人のサックス・プレイヤーに紹介文を書いてもらい、のこのこと出かけて行った俺に彼は言った。「そんなサックス吹きは知らん」

後で判ったのだが、これは俺に対する意地悪でも何でもなく、彼は本当にそいつの事を忘れていたのだった。ピーター・クラッパーは徹底した個人主義者だった。誰が自分の周囲を通り過ぎて行こうと、知った事ではないのだ。

マイルス・デイビスが、コルトレーンを始めとする多くのジャズマンを発掘したのとはまた違った意味で偉大な男だった。

ショックを受けつつも俺は彼と同じコンボで演《や》ることを夢見ながら、連日彼のもとにおしかけた。

自宅だろうが、レストランで食事をしている時だろうが、パブで一杯やっている時だろうが、こうして演奏のある時だろうが、とにかく俺は彼の前に姿を現した。

彼は一言も口をきいてくれようとはしなかった。故意に無視している訳でもなく、本当に俺のことなど目に入らないのかもしれなかった。

ついに見るに見かねて、彼のコンボのドラマーがピーターに俺のことを持ち掛けてくれたのだ。

それで今夜、ようやく俺の演奏を彼の前で披露できた訳だが、それでも、事情はたいして変わったとは見えなかった。

ステージでは〝ラウンド・ミッドナイト〟の演奏が始まっていた。

リズム・パターンやメロディラインにさえも、ピーターはとらわれていないようだった。ドラムが、さかんにメロディと同じリズムを打ち出して、それをしっかりと一つの曲の中に捉《とら》えている。

俺は三杯目のラム酒を飲み下した。酒の刺激が次第にうすれてきていた。

何をしに俺はニューヨークまで来ちまったんだ。何のために故郷の沖縄を離れてジャズなんぞにのめり込んじまったんだ。

考えたくはないが、酔いのせいか、そんなぐちめいた事を俺は考え始めていた。

沖縄を離れて東京へ出たのは十年も前の事だ。俺の家は空手の中でも那覇手と呼ばれているある一派の宗家だ。ゆくゆくは道場を継ぐ身だったが、ジャズに熱中して家を飛び出しコザでジャズ修業を始めたという訳だ。

道場にいる時から俺ははみ出し者で、知り合った台湾の男から中国の北派拳法を熱心に学んだりして親父《おやじ》から大目玉を食らったりしていた。

そんな事は今考える必要のない事だった。とにかく俺は今夜ふんぎりをつけなければならない。金も底をついてきて、ニューヨークにそう長居もできなくなってきていた。

俺はバーテンダーにもう一杯おかわりをたのんだ。バーテンダーは俺の目を見てうんざりとした顔をして見せた。また酔っぱらいが一人でき上がるのだ。

彼は小さなグラスにラムを用心深く注ぐとそっと俺に差し出した。

「どうでもいい事だが」彼は言った。

「そんな馬鹿な飲み方をするもんじゃやねえ」

「金はちゃんと払っているだろう」

俺はろれつが怪しくなってきていた。

黄色い猿がどうしたこうした……とバーテンダーは憎々しげに呟《つぶや》いてみせたが、俺は気にしなかった。

「何を荒れているのか知らんが」彼は言った。「我らがピーター・クラッパーの名誉のためにもう一言だけ言っておく。あんたはとびきり運のいい男なんだぜ」

俺は相手の顔に目の焦点を合わせようと努力した。「どういう意味だい。相手にされないのが幸運だとでも言いたいのかい」

「ピーターは、演奏を見て行ってもいい、とあんたに言っただろうが。あんな事は滅多に言いやしない。気に入らない奴なら、とっくに店の外へ放り出しているよ。ピーターがああいう言い方をする時は、『しっかり俺の演奏を見ておけ』って意味なんだ」

俺は悲観論者では決してないが、この一言で気分が晴れてしまうほどおめでたくできてもいなかった。

バーテンダーもそれっきり、この可愛げのないジャップに話し掛けようとはしなかった。

3　ミッドナイト・ジャム

ピーターたちは、〝ジャイアント・ステップス〟を間にはさんで長いオリジナルのレパートリーを二曲演奏してステージを降りた。

客たちはそれぞれに談笑を始め、プレイヤーたちは、仲間の顔を見つけて会話に参加した。

ほの暗い照明の下でゆっくりとたなびいている紫煙の層。ガラスの触れ合う音と幾重にも重なり合った人々の話し声。誰もがそれらのすべてを体中に吸収して、自分がその風景のひとつとして溶け込むことを楽しんでいるようだった。

俺はカウンターに向きなおり、両肘《りょうひじ》をついて自分の上体の重みをようやくささえていた。五杯目だったろうか六杯目だったろうか、ラム酒のグラスはとっくに空《から》になっていた。

バーテンダーが不思議なものを見るような目つきで、肩越しに俺の背後を見つめているのに俺は気付いた。

俺はそっと振り返ってみた。

でっかい影が、目だけをぎらぎらさせて威圧的に立っていた。ピーター・クラッパーだった。

俺は驚いて言葉を失った。

しばらくピーターと俺は見つめ合ったままだった。最初に口を開いたのはピーターの方だった。

「判ったかい、ジャップ」

何を尋ねられているのか、なんてどうでもよかった。ピーター・クラッパーが、初めて向こうから俺に会話をしかけてきたのだ。

「俺たちとあんたのどこが違うか」

俺は必死に酔った頭で英語を組み立ててから言った。

「どこが違うんだ。俺はそれが知りたくてあんたのところへ来たんだ」

「酔ってるのか」ピーターは目を細め、唇をなめた。「酔っぱらうたあ、いい根性だ」

俺は自分の失態に気付き、頭を抱え込むくらいに後悔した。

「さあ、立て。今すぐこの店を出る仕度をするんだ」

どうしようもなく、俺はおろおろと立ち上がった。足許《あしもと》が怪しくなっている。俺は言い訳をすることもできなかった。

「ジャップ。名は何と言うんだ」

「リュウショウ……。リュウショウ・ヒガ」

消え入りそうに俺は言った。

「ようし、リュウショウ。仕度はできたか」

いよいよ俺は追い出されるはめになったらしい。そう思い俺は吐息をもらした。

「じゃあ、ぼつぼつ行こうか」

ピーターは、俺の先に立って店を出て行こうとした。俺が面食らったのは当然だ。

「ここはバークレーじゃねえ。ノートを取りながら他人の演奏を聴いたりしなかっただけほめてやるぜ。俺のピアノを聴きながら酔っぱらってくれるとは御機嫌な野郎だ」

ぼそぼそとしたしわがれ声でピーターは言った。

「今からすぐ俺のうちのレッスン場へ行くんだ。新しいメンバーがそろそろ集まっている頃だ」

4　肉体のスイング

店を出てから車を待たせてあるという裏通りへ入るまでピーターはひと言も口をきこうとしなかった。これがいつものピーター・クラッパーなのだ。誰が傍《そば》を歩いていようと、自分だけの思考に没入しながら自分のペースで足を運ぶのだ。

紺色のキャデラックにもたれかかり、白人の背の高い男が煙草を吸っていた。革の肘あてのついたスポーツジャケットをニューヨーカーの名に恥じず粋に着こなしたこの男は、灰色の目に胡散臭《うさんくさ》そうな光を浮かべて俺を見た。

俺はこの男の顔を知っていた。有名なレーベルのプロデューサーだった。今夜のリハーサルはこの男の段取りによるものだということが判った。

事件は、ピーターが俺をプロデューサーに紹介し、プロデューサーが微笑を浮かべながら右手を差し出した直後に起こった。

小さな金属片がいくつもぶつかり合うような音が暗がりの中から聞こえ、続いて大きな影が三つとやや小柄な影がひとつゆらゆらと現れた。

プロデューサー氏の目が驚愕《きょうがく》と恐怖に引きつった。俺はいったい何が起ころうとしているのか訳が判らなかったが、さすがにニューヨークっ子のプロデューサーは咄嗟《とっさ》に状況を理解したようだった。

あっという間に俺と白人プロデューサーは二人のでかい黒人におさえつけられ、キャデラックのボンネットに胸と頬を密着していなければならないはめになった。

酔いがまだ醒《さ》めない俺は完全に抵抗する力を失っていた。

視界の隅で二人の黒人とピーターが早口で何かのやりとりをしているのが見えた。何を言っているかはよく聞き取れないが、どうやらヘロインか何かの話をしているらしい。どう見ても連中は日常の挨拶《あいさつ》をしに来たような手合いではなかった。

にわかにピーターたちのやり取りが声高になり、一人がピーターの胸ぐらをつかんだ。

「くそったれ」とプロデューサーがつぶやくのを聞いたのと、冷たく光る凶悪なものがピーターの腹に突き立てられるのを見たのはほとんど同時だった。

しんとあたりが静かになった。

俺の耳がすべての音をその瞬間に拒絶したのだ。次に、俺は全身の血が沸き立つのを感じた。ガスバーナーに点火したような勢いだった。

ベストに打ちつけたビョウをガラガラ蛇のように鳴らしながら一人の黒人がプロデューサーの後頭部を何かで殴り付けた。鈍い、腹の底に響くいやな音だった。

俺をおさえつけていた方の黒人がそれにならおうとした。

俺は背筋に痛みが走るほど思い切って上体をはね上げた。油断していた黒人の手をふりほどき、俺の後頭部が固い筋肉質の胸にぶち当たった。

水月《みぞおち》にでも命中してくれればダメージを与えられたのだが、この一撃は相手を驚かせるだけの効果しかなかった。それでも俺は五体の自由を取り戻すことができた。

罵《のの》り声を上げながらプロデューサーを殴った男が、俺の腹にフック気味のパンチをめり込ませた。至近距離からのスナップの効いた攻撃で、俺はかわすことも防ぐこともできなかったのだ。

息が止まり、俺は思わず膝《ひざ》を折った。胃のあたりで熱いものがうごめいたと思うと、いきなりそれが咽元に噴き上げてきた。

苦しさに涙を浮かべながら俺は吐いた。うつ伏せになった俺の背を固いブーツの底が乱打した。そのショックでしゃくり上げると、吐物《とぶつ》が咽につまる。その苦しさで俺はまたせき込んだ。

サッカーの要領でしたたか脇腹を蹴《け》られ、思わず俺は横に転がった。

その時、金網に背を押しつけるようにして体を崩してゆくピーターの姿が俺の目に入った。

目の前が赤くなるのを感じた。こいつらが、アイドルのピーター・クラッパーを目の前で刺し、すべての予定をだめにしたのだ——俺は怒りを燃やした。こういう時は怒りだけが行動の起爆剤になってくれる。

ピーターとやり合っていた二人が、のっぽの二人に声を掛けた。そろそろフィニッシュに持ち込むのだ。俺は息を静かに吐き、全身にそっと力を入れてみた。ひゅうという自分の呼気の音がわずかばかりの度胸を与えてくれた。全身の筋肉が生き返るのを感じる。さっき吐いたおかげで酔いもすっかり醒めていた。

ビョウをちゃらちゃらいわせているベストの方が不気味な武器を振り上げた瞬間に、俺は行動を起こした。

地面の上で身を翻して、立ち上がりざま、腰を切って右の回し蹴りを相手の脇腹に見舞ったのだ。足の甲ではなく、固い靴の爪先を叩き込んでやった。蹴りはカウンターで決まり、俺は足の先で相手のあばらが折れる感触を確認した。

俺の背に立つ恰好《かっこう》になったもう一人の男に俺は上段の後ろ蹴りを放った。全く俺の行動の予測がつかなかったのだろう。俺の右足の踵《かかと》は面白いくらい正確に相手の顔面に決まり、その男は鼻と口から鮮血をまき散らしながら、のけぞって倒れた。

あばらをおさえ前かがみになっているベストの奴に、今度は左の上段回し蹴りを食らわせてやった。思いきり腰を切った高い蹴りで、今度は脳しんとうを狙った足の甲での回し蹴りだ。相手は二メートルふっ飛んだ。

左腕に焼きゴテを当てられたような熱さを感じて俺は振り返った。ピーターを刺した男が低い姿勢でナイフを構えていた。俺の左腕の袖《そで》が破け血がしたたり始めていた。斜めにナイフではらわれたのだ。

俺はそいつと向かい合った。再び静かに呼気を開始する。

男は巧みに左右の手にナイフを持ち替えていたと思うと突然それを突き出して来た。俺は五十センチほど後ろへ跳ねてそれをかわした。それを契機に男は素晴らしいスピードでナイフを繰り出して来た。横にはらい、上へすくい上げ、下へ切り降ろす。目まぐるしい攻撃だった。

俺は小刻みにジャンプしながらそれをかわしていった。どんなに巧妙な攻撃でも恐れるのはナイフ一本でいい。両手両足があらゆる方向から攻めてくる空手や拳法に比べれば単純だ。

ジャンプしているうちに、俺は高揚してくる気分を感じた。俺はスイングし始めたのだ。こうなった俺を止められる奴はもういない。

相手の攻撃パターンを読んで突いて来た手をかわしざま手刀でしたたか叩いてやった。下腕部の表側にある急所を狙ったのだ。そのままその手を右手で下からすくい上げ、俺はまわり込むように相手の懐《ふところ》に歩を進め、左手の手刀で大きくその胸を打った。これだけに要した時間はコンマ五秒ほどだったに違いない。これは、陳家太極拳の単鞭《たんべん》の応用だ。

相手はナイフを落として後ろへよろけた。その瞬間に俺の飛び前蹴りがその顎《あご》に決まった。

俺は残る背の低い一人を睨《にら》み付けた。こいつが兄貴格なのだろう。腕は立たないが頭が回るタイプらしい。そいつは、慌てて逃げ出そうとした。

利口なやり方だが、ほめてやる気はない。俺はそいつのえり首をひっつかんで大きく振り回し、金網に叩きつけた。

大きくバウンドしているその体に突っ込んでいって、一呼吸のうちに十発近くの拳《こぶし》を打ち込んだ。

四人を片付けても、まだ俺の怒りは鎮まりそうになかった。俺は怒りのためにふるえる体を何とか正常に戻そうとしながら、ぐったりしているピーターに近づいた。

5　ブルースをいこうか

到着は遅かったが、現れてからの救急隊員の働きは表彰ものだった。

応急手当てをほどこされたピーターと俺は同じ救急車に乗せられた。俺の方も、全身のひどい打撲と左腕の深い切り傷で、通常ならとても立ってもいられないような有様だった。息をするたびに左の脇が痛むところをみると、こちらもあばらにひびくらいは入っているかもしれなかった。

だが、もちろん俺はそれどころではなく、止血帯に血をにじませているピーターが心配だった。

「ジャップ」

ピーターがうめくように口を開いた、失っていた意識を取り戻したのだ。俺は慌てて耳を近づけた。

「ジャップ、いるのか」

「ここにいる」

「名前は何だったかな」

「リュウショウだ」

「リュウショウ……。見事だったぜ。あの四人をあっという間だ……」

「しゃべらん方がいい」救急隊員が言ったがピーターは取り合わなかった。

「平気だ。こんなのは何度もやってる……何度もだ……。リュウショウ。さっきあんたはスイングしてたなあ……。羨《うらやま》しいくらいにスイングしてた……。やりゃあ、できるじゃねえか……。あれがプロの腕だ……」

と切れがちにピーターは言った。俺には彼が何を言いたいのか理解できた。とてもよく理解できた。

「俺が教えることはなくなっちまったよ、リュウショウ」

言葉がうわごとのような調子を帯びてきた。また意識を失いかけているのだろう。

「オーケイ……。ブルースをいこうか……」

彼は夢の世界へ入って行ったらしい。「キーは、ビーフラットだ」

波まかせ

1

「遊びでやってんのなら、やめちまえ」

花井課長は、喫茶店に呼び出した矢野に言った。レコーディング・スタジオの使用料が掛かりすぎると花井は言う。

花井課長のお小言は、なかなか終わる気配を見せず、どんどんとエスカレートしていくようだった。矢野は黙って聞いていた。

花井のような粘着質の人間に、口答えは禁物だ。彼は、花井の話を聞いているふりをして、実は、花井の向こう側にいる女性のミニスカートが気になっていた。

「だいたい、今時、メーカーの原盤でレコード出そうなんて……。なんで、原盤制作会社をブッキングできなかったんだ？」

「プロダクションが小さなところで……」

「タイアップもないんだろう？　売れないレコード出したってしょうがないんだ」

「はい……」

「おまえは、まだアーチスト気取りで、サウンドがどうの、アレンジがどうのとスタジオで楽しんでいるんだろうけどな……。おまえは、もうアーチストじゃなくて、うちの会社の社員なんだ。レコード会社のディレクターは、売れるレコードを作るのが仕事なんだよ」

花井は販売畑から、制作課長になった男だった。矢野は、かつて、アーチストだった。彼のいたバンドが、今つとめているメーカーからレコードを出していた。

ボーカルが独立して、バンドのメンバーは仕事がなくなった。こういう場合、レコード会社にディレクターとしてもぐり込むのは常套《じょうとう》手段だった。

矢野は、現在、新人のバンドを抱えていた。まだ海のものとも山のものともつかない連中だ。顔見知りのライブハウスのマスターの紹介だった。

なんとか面倒を見てくれるプロダクションを探して、デビューの恰好《かっこう》を付け、レコーディングに入ったが、花井課長は、こういう仕事のやり方が気に入らないようだった。

新人というのは、大手プロダクションが、コマーシャルのタイアップなどをつけた上でレコード会社に日参し、その上でデビューが決まるものだと考えているのだ。プロモーション態勢が整っていない新人は、デビューさせてはいけないのだ。

そこまでは、矢野にもよくわかる。レコード会社は、慈善事業をやっているわけではない。利益を出さなければならないのだ。

だが、その先がどうしても面白くなかった。顔が売れる条件さえあれば、レコードの音源などどうでもいいと花井は考えている。

とにかく、スケジュールどおりに、適当な音源を完パケにして、工場へ送ればいいというわけだ。完パケというのは、完全パッケージを略した業界用語で、すぐにプレスにかかれる状態にしたテープのことだ。売れるかどうかは、タイアップなどの露出にかかっているというのが花井の言い分だ。

花井に言わせると、矢野がスタジオのなかで遊んでいるように見えるのかもしれない。花井のいう大切な仕事というのは、大手プロダクションのお偉方を接待することや、広告代理店に顔を売っておくことだ。

レコード会社のディレクターも楽ではない。華やかに思われがちだが、仕事は地味なのだ。

「二百人からいる社員の給料を稼がなけりゃならんのだ。バンドごっこをやっているのと訳が違うんだ。よく考えるんだな」

花井のお小言はようやく終わった。

矢野は、会社に戻る気がせず、そのまま新大久保にある貸しスタジオに出掛けた。録音の予定が入っていたのだ。録音開始までは時間があったので、アーチスト・ロビーでぼんやりと暇をつぶしていた。

「あ、矢野さん……」

声を掛けられて矢野は、振り向いた。会いたくない男に会ってしまったと思った。

「堀辺さんか……」

おかしな恰好をした中年男だった。別に奇抜な服装をしているわけではない。だが、どこかちぐはぐな印象がある。

チェックのジャケットに、柿色《かきいろ》のシャツを着て、玉虫色のネクタイをしている。取り合わせがどこか奇妙なのだ。パンチパーマもなぜか間が抜けた感じがする。

「矢野さん。ちょうど会社のほうへお訪ねしようと思っていたんですよ」

この男と話すのはどうも気乗りがしない。エイト企画というプロダクションのマネージャーなのだが、芸能界にはよくいるタイプだ。

エイト企画というのは、社長とこの堀辺のふたりでやっている小さな会社だ。マンションの一室に電話番のアルバイト嬢を置いている。売れっ子を抱えているわけではない。事務所はいつも火の車だった。それでも芸能界から足を洗えずにいる。いわゆるギョーカイの雰囲気《ふんいき》が好きで離れられないのだ。

「俺《おれ》に会いたかったってか」

「いい子、見つけたんですよ。もう、これは、矢野さんにお願いするしかないと思って……」

矢野は情けなくなった。売れっ子を抱えるディレクターや、業界で名の売れている有力なディレクターは、半分業界ゴロのような堀辺など相手にしない。彼は、矢野なら話を聞いてくれるだろうとすりよってくるのだ。

いい子を見つけたという言葉など本気にできなかった。

「スタジオなんかで何をしている?」

「デモ・テープを作ろうと思いましてね……。カラオケ使って録音していたんです」

「デモ・テープ? 誰《だれ》の?」

「だから、矢野さんにお願いしようと思っている子のですよ。上原有里《ゆり》っていうんです。こいつにうちの社運をかけてるんですよ」

「社運かけるだって? あんたんとこ、年に何回社運かけるんだ?」

「いや、今回は本当にいけますって……」

「だいたい、俺に頼もうといいながら、デモ・テープ録るのはどういうわけだ。あっちこっちで同じことを言って回ってるんだろう。あなたにお願いしますって……」

「違いますよ。矢野さんに聞いてもらおうと思ったんです。そりゃ、まあ矢野さんに断られたら、別んとこ持って行くしかありませんがね……」

「どこにいるんだ、その子は」

「上原有里です」

「名前なんぞどうでもいい」

「スタジオにいますよ。覗《のぞ》いてみてください」

「どうせ暇なんだ。行ってみるか……」

矢野は、のっそりと立ち上がった。

「どうぞ。Ａスタです」

矢野は、コンソール・ルームに入った。エイト企画の社長が椅子《いす》から立ち上がり、愛想笑いを浮かべた。彼がディレクターの席に座っている。

コンソールにいるミキサーは、この貸しスタジオの従業員だった。普段は、サブ・ミキサーとして、マルチ・レコーダーのオペレーターを担当している男だ。

エイト企画の社長は、黒いスーツに派手なネクタイをしている。桜庭《さくらば》八郎《はちろう》という名だった。エイト企画という社名は、彼の名前からきている。

二昔も前の音楽業界によく見られたタイプだ。あから顔で押し出しが立派だ。彼は、実際に音楽プロデューサーをやっていたことがある。

音楽業界がもっと威勢がよかった時代のことだ。桜庭は、その時代のことがまだ忘れられないのだ。

「矢野チャン。どう、最近は？」

ギョーカイの乗りで、社長の桜庭は言った。態度が自信に満ちている。もともと大物ぶるのが好きな男だが、どうも普段と感じが違う。

「また、新人をデビューさせたいんだって……？」

「そうなんだ」

「アイドルが厳しい時代だって、なぜわかんないんだ？」

「なに、常にアイドルの需要はあるんだよ。雑誌、写真集、営業、テレビの仕込み、イベント……」

「おい、レコードは刺身のツマみたいな言い方だな……」

「まあまあ、そういう言い方しないの。レコードが売れるに越したことはないんだからさ……。見てちょうだいよ」

桜庭は、大きな二重のガラスの向こうを指さした。

スタジオには、マイクが立ち、その向こうに、少女がいた。

背はそれほど高くはない。長い髪を自然に背に垂らしている。

「ふん……。悪くないじゃないか……」

桜庭の自信に満ちた態度の理由がわかった。たしかに、スタジオにいる少女は、美しかった。どこか人を引きつけるような感じがある。だが、矢野にしてみれば、それだけのことだった。

「でしょう？」

桜庭が言った。堀辺は、鼻高々といった顔をしている。

矢野はふたりの顔を交互に見て尋ねた。

「どこで見つけてきた？」

堀辺がこたえた。

「ある地方のビール・メーカーのキャンペーン・ガールだったんですよ」

「地方のビール・メーカー？　そんなものがあるのか？」

「ええ。シェアは低いですけどね。私があるタレントの営業でその地方へ出掛けて、ポスターを見ましてね……。これは絶対いけると思ったんですよ。直接、本人を訪ねて口説《くど》いたんです」

「代理店のほうは手を打っているのか？　ＣＭとかの絡みとか……。テレビは？」

「これからです。彼女、まだ、東京に出てきたばかりなんです。そのためにも、デモ・テープが必要だと思って……。ねえ、矢野さん、ぜひ彼女をお願いしますよ」

矢野は、あまり気乗りがしなかった。マイナーなプロダクションというリスクは大きい。

新人アイドルというのは競争が熾烈《しれつ》だ。年間二百人から三百人デビューして生き残るのは、二、三人しかいない。

しかも、最近は、テレビの歌番組もなくなり、レコード会社としては、アイドルのおいしさはなくなっている。

花井課長の顔を思い浮かべていた。弱小プロダクションのアイドルでしかも、イーハンもなし。これでは、またねちねちと小言をいわれるのがおちだ。

音楽業界で、デビューの際に、テレビドラマやCM出演といった話題をくっつけておくことを、イーハン、リャンハンをつける、などという。最近は、特にそういうデビュー前のプロモーションが不可欠なのだ。

上原有里という娘は、まだ、素っ裸の状態だ。

「そうだな……」

矢野は言った。「CMの話でも決まったら、考えるか……」

「彼女はね……」

堀辺が真顔になって言った。「きっとスターになりますよ。CMだって、ドラマだってバラエティーだってすぐに決まります」

「誰だってデビューさせるときはそう思うんだよ」

堀辺は、さらに真剣な顔つきになった。

「上原有里は別格です。いいもの持ってるんですよ」

桜庭社長が言った。その口調は、彼らしくなく、重みがあった。

「原盤、うちでもちますよ」

矢野は驚いて言った。「エイト企画でか?」

「そうです」

「社運をかけると言ったのは本当らしいな……」

原盤権を持つということは、制作費をすべて負担するということだ。つまり、レコード制作のリスクをすべて負うという意味だ。

売れれば、原盤を持っているところに使用料が入るから大儲《おおもう》けとなるが、売れなければ丸損だ。

大昔は、レコード会社が原盤を持っているのが普通だったが、メーカーはそうしたリスクを回避するようになった。現在では、プロダクションや、音楽出版の会社が原盤制作会社を兼ねている場合が多い。音楽出版というのは楽曲の著作権を管理することをいう。

「そう。エイト企画は、上原有里と心中する覚悟です」

堀辺が言った。

「危ない発言だな……。まあ、勝手に心中してくれ。俺を巻き込むなよ」

「覚悟を言ってるんです。覚悟を……」

「いいか。ぽっと出が売れるほど、芸能界は甘くないんだ」

「わかってますよ。とにかく、本人に会ってみてください。今、呼んできますから」

堀辺は、コンソール・ルームから出て、スタジオに行った。上原有里を連れて戻ってくると、彼女を矢野に紹介した。

上原有里は、きちんと礼をしてみせた。堀辺たちが教育したのだろう。こうした礼儀作法は、芸能界では大切なのだ。

顔を上げた上原有里は、確かに魅力的だった。大きな目が印象的だ。その目が濡《ぬ》れて光っている。大きめのTシャツを着ており、その首の部分を切り取っている。大きく開いた胸元から黒いタンクトップが覗いている。色あせたジーパンをはいており、膝《ひざ》に穴があいているが、それが妙に男心をそそる感じがした。

身長は一五〇センチから一五五センチの間と小柄だ。しかし、胸は豊かだった。ビールのキャンペーン・ガールだというから、きっとポスターは水着姿だったのだろうと、矢野は思った。

矢野は、彼女の水着姿を思い描いて、思わず生唾《なまつば》を飲み込みそうになった。

（いかん、いかん……）

矢野は、もっともらしい顔で彼女に言った。

「芸能界でやっていくってのは、たいへんなことだよ。覚悟はできてるの？」

「はい」

上原有里は、いきいきとした眼《め》でこたえる。その眼は純粋な光を宿しているように見えた。

（そのきれいな眼がいつしか、妬《ねた》みや憎しみでどろりと濁っていくかもしれない。芸能界というのはそういうところだ……）

矢野は、そう言ってやろうかと思ったが、思い止《とど》まった。

（この娘にそんなことを言っても始まらない）

矢野は、時計を見た。そろそろ、彼が手掛けている新人バンドの録音が始まる時間だった。スタジオはとなりのBスタだった。

彼は、桜庭社長に言った。

「何か、おいしい話が決まったら教えてよ……」

矢野は、Aスタのコンソール・ルームを後にした。

2

バンドのセンスは抜群だった。ドラムとベース、ピアノのリズム隊はしっかりしている。ギターのピッキングも心地いい。なにより、シンセサイザーを担当している具志川健《ぐしかわけん》というメンバーの才能が光っている。

オリジナル曲の録音だった。リズム録りはすでに終わり、シンセサイザーのダビングに入っていた。ストリングスの音色でまず、全体に味付けをする。

ステレオアウトのシンセサイザーの片方のチャンネルに、デジタル・ディレイ・マシンを繋《つな》ぎ、わずかに時間差を作って奥行きを出した。サウンドに広がりが出る。

リズムは、タイトだが、シンセのストリングスだけを聴いていると、室内楽のように美しい。シンセは、スタジオではなく、コンソール・ルームに持ち込んである。具志川健は、矢野と相談しながらダビングを進める。

ここでさまざまなアイディアが交わされるのだ。バンドのメンバーたちも、アイディアを出す。

ストリングスを録りおえると、ギターとの絡みを録音しはじめた。固い音色でギターのフレーズにハーモニーをつけていく。

同じ音色でソロを録音し、最後に、ハイトーンのブラスの音色で飾りをつけた。

ラフ・ミックスでも充分に聴き応えのあるサウンドに仕上がった。やはり、具志川のセンスがものをいった。

花井の言ったことは、あながちすべてが見当はずれなわけではなかった。矢野にはよくわかっていた。こうして、スタジオでバンドのサウンドを作っているときが一番楽しいのだ。

自分がバンドをやっている時代から、その点は変わっていない。それが問題なのだ。レコード会社のディレクターの役割は、いい音を作るだけでは済まないのだ。むしろ、音を作るまでに多くの仕事がある。

つまり、アーチストを売るための作業だ。社内プロモートも必要だ。音源が上がっても、宣伝が動いてくれないことには、レコードは売れない。さらに、営業が商品をさばいてくれなければどうしようもないのだ。

社内プロモートのためには、話題が必要だ。音楽業界の人間は、話題作りが仕事の半分以上を占めるのだ。

どんなにいい音を作っても、いい楽曲をリリースしても、具志川健たちが売れないことはわかっていた。矢野の責任だが、これ以上はどうしようもなかった。何とかしてやりたいが、デビューさせるだけで精一杯なのだ。アルバムを一枚出したという実績があれば、それをもとにCMソングなどの仕込みもできるかもしれない。

それに期待するしかなかった。

録音は深夜までかかった。翌日、矢野は、十一時過ぎに出社した。

彼は驚いた。

課長の机のところに、上原有里を連れた桜庭と堀辺がいたのだ。

花井課長は、むっつりとした顔をしている。桜庭は、上機嫌で何かしゃべっている。

堀辺が矢野を見つけて頭を下げた。

「どうしたんだ？」

思わず矢野は堀辺に訊《き》いていた。

「いえね……。デモ・テープをお届けしようと思ったんですが……。ついでに、ご挨拶《あいさつ》をしたほうがいいだろうと社長が言いだしまして……」

「ちょっと、試聴室で待っててくれ……」

矢野は堀辺に言った。試聴室というのは、防音になったブースで、よく打合せに使われる。

「わかりました」

堀辺は、社長と上原有里を連れて試聴室のドアに向かった。

矢野は、花井に何か言われないうちに、試聴室にこもってしまいたかった。しかし、そうはいかなかった。

花井が言った。

「どういうことか説明してくれるか？」

不機嫌そうな態度だが、本当は嬉《うれ》しいに違いなかった。また、矢野を叱《しか》る恰好の材料を見つけたのだ。

「どうもこうも……。昨日、スタジオに行ったら、偶然、堀辺に会いましてね……。そこで紹介されただけです」

「桜庭は、おまえに担当してもらうなどと言っていたぞ。どういう意味だ？」

「勝手にそう思っているだけじゃないですか？」

「勝手にそう思っているじゃ済まないだろう。いいか。本人まで連れてきちまったんだぞ。おまえはまた、やつらにオイシイこと言ったんじゃないのか？　あの娘をデビューさせるから任せろとかなんとか……」

「そんな……」

「いいか。連中と仕事をしたって、わが社には何のメリットもないんだ。おまえはどうしてああいうマイナーなやつらとばかり付き合おうとするんだ？」

議論する気にもならなかった。

花井は、最初から矢野の話を聞こうとはしないのだ。黙っていると、花井は、嵩《かさ》にかかって言った。

「私は、あんな娘をデビューさせる気はないからな。制作課長として許さん。わかったな」

　その瞬間に、矢野の気がかわった。

　上原有里のデビューには乗り気ではなかったが、是が非でもデビューさせ、なおかつメジャーにしたくなった。

「わが社のメリットを最大限に考えますよ。もちろん」

　矢野は、そう言うと課長の席を離れた。

　試聴室に行くと、堀辺が不安そうな顔をしていた。

「私たち、まずいことやっちゃいましたかね……」

「いや」

　矢野はきっぱり言った。「いいんだ」

「あたし、なんだか迷惑みたいですねー」

　上原有里が言った。

　昨日会ったときと印象が少し違った。矢野は、思わず彼女を見つめた。

「デビューはできないんですか？」

　矢野はこたえた。

「そんなことはない」

「はっきり言ってくれていいんですよ。そのほうが気が楽です。いい子ぶっていなくても済むし……」

矢野は、堀辺を見た。堀辺は、気まずい顔をして上原有里に言った。

「おい……。言われたことを忘れたのか……?」

「忘れちゃいませんよ。でも、それは、あくまで仕事のときでしょう? デビューできないとなったら、これは仕事じゃないわ」

彼女は、矢野を見た。「あたしね、地元じゃけっこうグレてたのよ。根性はすわっているつもりよ」

「参ったな……」

矢野は言った。「昨日は猫をかぶっていたのか?」

「猫くらいいくらでもかぶるわよ。これから、日本中の人の前で演技を続けていかなけりゃならないんですからね」

「アイドルの演技を続けていく自信はあるか?」

「アイドルだろうが、ロック・シンガーだろうが、やってみせるわよ。処女には処女の演技はできない。いい子にはいい子の演技はできないのよ」

「堀辺さん……」

矢野は、堀辺を見た。堀辺は情けない顔をしている。すべてがぶち壊しだと思っているのだ。

「すんません、矢野さん……。なんか、俺……」

「いいじゃないか、この子。最高だ。俺は本気になった」

「はあ……？」

「本物だよ。売れそうな気がしてきた」

矢野は、あらためて上原有里を見た。その印象的な眼には、確かに艶《つや》がある。ただのおりこうさんの眼ではない。そうした艶は、芸能人としてなくてはならないものだ。人気商売の鉄則だ。ワルほど売れるのだ。ワルが清純派や、生真面目《きまじめ》なキャラクターで売り出されたときほど、大衆はころりと騙《だま》されるのだ。

堀辺と桜庭は奇妙な顔で矢野を見ている。プロダクションにしてみれば、レコード会社の人間も外部の人間なのだ。タレントの素顔は見せたがらない。

矢野は、堀辺に言った。

「デモ・テープを聴こう」

試聴室のテープ・デッキにカセットをセットした。

上原有里は、ＺＡＲＤや、広瀬香美のヒット曲を歌っていた。

「歌唱力は申し分ない……」

矢野は言った。

「あたし、地元のバンドでボーカルやってたことがあるから……」

「だが、残念なことに、歌唱力だけじゃ売れる条件にはならない」

「わかってる」

「何とか、方法を見つけなけりゃな……」

「本当にあたしのディレクターをやってくれるのね？」

「ああ。俺は決めた」

「レコード・デビューできるのね」

「任せておけ」

上原有里は、矢野に抱きついた。

「こら」

堀辺が言った。「いい加減にしないか……」

「すぐに企画会議をやろう」

矢野は言った。「おたくへ行こう。会社のなかじゃどうもいいアイディアが浮かばない」

「あたしも参加していい？」

上原有里が言った。

「アイドルはそういうことをしないもんなんだよ」

堀辺が困った顔で言った。

「デビューしたあとはおとなしく歌手やってるからさ……」

「いいじゃないか」

矢野は言った。「男同士で面《つら》つきあわせていたって、煮詰まるだけだ」

「まあ、矢野さんがそういうのなら……」

四人は、そろって会社を出た。

矢野は花井の視線を意識していた。花井は、矢野が見えなくなるまで睨《にら》み付けていた。

矢野はそれを感じていた。

マンションの一室で、企画会議が始まった。どういう売り出し方がいいかという点で、とたんに行き詰まった。

「どっかのグループ、かませようか？」

社長が言った。「東京パフォーマンス・ドールだっけ？　ああいうので盛り上げていけば……」

矢野は首を振った。

「そういうプロジェクトは、思ったより、時間がかかるんだよ」

「まっとうに、テレビのバラエティー番組で露出稼ぐしかないかな……」

堀辺が言う。

「だから、おめえは、三流だってんだ」

桜庭社長が言った。「そんな話をするためにこうして矢野チャンに来てもらっているわけじゃないんだ」

「写真集ならすぐに仕掛けられますよ」

矢野はうんざりして堀辺に言った。

「そういうことは、言うまでもないことなんだよ。写真集も仕掛ける。雑誌のグラビアも仕掛ける。テレビの露出も仕掛ける。そのために、何かカツーンとしたアイディアがほしいんだよ」

「CMも当たってみましょうね。代理店を回ります」

「だから、そういうのは当たり前だって言ってるんだ」

話は平行線をたどった。どうしても一歩抜け出ることができない。

上原有里はすっかり退屈した様子だった。

その日は、収穫のないままお開きとなった。堀辺から耳寄りな情報が入ったのは、三日後だった。朝一番に会社に電話がかかってきた。

「タイアップの話が来たんですよ」

「CMか？」

「そうなんです。航空会社の夏のキャンペーンなんですが……」

「すごいじゃないか。かなりの露出が期待できるな」

「ただ……」

「何だ？」

「オーディションがあるんです」

「オーディション？　上原有里に決まったわけじゃないのか？」

「その辺を社長が画策してまして……」

「デキレースに持ち込もうってのか？」

「何とか……。そのためにも、レコードの企画がいるんです。おもしろい企画があれば一発なんですが……。映像と楽曲の両方で上原有里を使ってもらえます」

「そうなれば御の字だな……。よし、その線で考えよう。午後三時にそっちへ行く」

エイト企画で、上原有里をまじえた会議を続けたが、いいアイディアは浮かばなかった。

「ガールズ・ポップの路線でいったらどうかね？」

桜庭が矢野に言った。

「いまさら、新しい感じはしないな……」

矢野は上原有里に尋ねた。「地元のバンドで歌っていたと言ってたな。曲とか作ったことはあるのか？」

「ぜんぜん……。自信があるのは、歌だけ。それと、このボディ」

「はいはい。いい子だ」

「小室哲哉にでもプロデュースを頼みましょうかね？」

堀辺が言う。矢野はかぶりを振った。

「あそこにそういう話がどれくらい行っていると思ってるんだ」

「そうですよね……」

「このＣＭの企画は、絶対に逃したくない。またとないチャンスだ」

矢野が言った。

「そういうわかりきったことを、リキ入れて言わないでくださいよ……」

「すまん……。頭がテンパッてるもんでな……」

「しょうがない……」

桜庭が言う。「今日はこれくらいにして飯でも食いに行きましょう」

「呑気《のんき》だな……」

矢野が言う。

「焦ったところでいいアイディアが浮かぶわけじゃない。案外、飯食ってる最中にぽっと、こう……」

「あたし、カラオケに行きたい！」

上原有里が言った。

「カラオケか……」

桜庭社長が言う。「そうだな。ぱーっと気分転換するか」

矢野はつぶやいていた。

「まったく、大切なことだっての、わかってるのかね……」

3

カラオケ・ルームで、エイト企画のふたりと上原有里は、次から次へと歌いまくった。

矢野は、白けた気分でただ歌本をめくっている。

「『島唄』……？」

桜庭社長が言った。「誰だこれ？」

「あ、あたし！」

上原有里は、マイクを握って立ち上がった。ヒットソングの『島唄』だった。

上原有里が歌いだしたとたん、矢野のページをめくる手が止まった。彼は茫然《ぼうぜん》と上原有里を見つめている。

沖縄独特のメロディーがロックのアレンジに乗って流れてくる。その歌声は見事だった。

島唄よ　風に乗り
届けてたもれ
わんちゅぬ愛を――

上原有里は、一部をウチナーグチ、つまり沖縄方言で歌った。矢野だけではなく、桜庭も堀辺もぽかんと上原有里を見つめていた。上原有里の歌は、それくらい素晴らしかった。

沖縄のメロディーが完全に彼女のものになっていた。その旋律が、不思議な物悲しさとやさしさを感じさせる。単純なリフレインが、物語性を持って単なる繰り返しではなくなっていた。

上原有里が歌いおわっても、三人の男は、彼女を見つめたまま、身動きをしなかった。

有里は言った。

「何よ、どうしたのよ……？」

堀辺が言った。

「いやあ、あんまりうまいんでな……」

「へへ……。あたし、沖縄出身だからね……」

柄にもなく有里は照れていた。

「そうなんだよな。CMの件、いただきだと思ったんだけどな……。なんせ、沖縄キャンペーンの企画なんだから……」

「沖縄なのか?」

矢野は堀辺に尋ねていた。

「何がです?」

「航空会社のキャンペーンだ」

「そうです。言いませんでしたっけ?」

「これだよ」

矢野は膝を叩《たた》いた。「これしかない……」

矢野は、具志川健を呼び出して言った。

「おい、デビュー・アルバムを発売する前に企画物、付き合わないか?」

「企画物……? どんな企画ですか?」

「女の子のプロデュースだと思えばいい。ポップスだ」

「ガールズ・ポップスね……」

「おまえ、沖縄出身だったな」

「俺だけじゃないすよ。バンド全員、沖縄です」

「沖縄の旋律で曲を作ってくれないか。バラードがいい。それを、おまえがアレンジする。演奏は、おまえたちがやる……」

「何です、それ」

「CMだ。航空会社の沖縄キャンペーンのCM企画なんだ」

「急ぎなんですか？」

「すぐにでも、録音したい」

「そんな無茶な……」

「頼むよ。おまえたちのチャンスでもあるんだ。おまえはもうプロなんだ。こういう依頼もこなせなきゃ……」

「プロね……。民謡じゃだめなんですね……？」

「チャンプルーズにゃ勝てんだろう？」

「そりゃそうだ……。喜納《きな》さんは、大物ですからね……」

「三日やる。スタジオ、おさえておくからな。頼んだぞ」

「自信ねえな……」


三日後、具志川健は曲を上げてきた。詩もついている。スタジオに入ってからバンドのメンバーと打合せをしてリズム録りに入った。

「何だか心配だな……」

堀辺が言った。

「こんな調子でちゃんと上がるのかい」

桜庭も心配そうだった。彼らは、バンドの録音を経験したことがないのだ。スタジオ・ミュージシャンの録音は段取りがいい。時間が勝負なのだ。だが、バンドの録音は、やたらと打合せが多い。

だが、いったん音が出ると彼らも安心したようだった。アレンジは具志川の頭の中にある。彼は、完全に雰囲気をつかんでいた。

三線《サンシン》に似た音をシンセサイザーで作り、イントロを入れる。ギターのピッキングとピアノでリズムを刻む。

ツーコーラス目から、ドラムがフィルイン。ドラムがリズムを盛り上げ、ベースがサウンドに厚みを出した。ベースとギターがまったく同じリズム・パターンを繰り返している。リズム隊が上がると、シンセサイザーのダビングだった。かすかなストリングスが、全体に流れつづける。

さらに、イントロで使った三線の音で、メロディー・ラインにからむ裏メロを入れていった。

ギターとシンセサイザーのソロを最後に入れて、オケ録りは終わった。

「たまげたな……」

桜庭社長がつぶやいた。「たった四人で、こんなサウンドを作っちまうなんて」

矢野が言った。

「そういう時代なんだよ。さあ、有里の歌入れだ。これからが勝負だよ」

上原有里は、曲を大いに気に入ったようだった。その雰囲気がスタジオ全体に伝わってくる。歌唱力には問題はない。歌入れは、つつがなく終わった。

ミキサーと矢野、それに作曲・アレンジを担当した具志川が話し合いながらトラックダウンをした。

トラックダウンに一時間かかった。

上がった完パケをプレイバックすると、スタジオにいた全員が、陶然として聴き入った。

三線に似たシンセサイザーの単音のイントロ。それにギターのピッキングとピアノが加わる。

上原有里が歌いだした。ワンコーラス目は、語るように訴えるように歌う。バックは、ギターとピアノだけだ。

ドラムがフィルインし、ベースが入る。有里は、歌を盛り上げていった。彼女の歌は、明るくさわやかだった。それでいて、物悲しく、せつなかった。彼女の声は、厚みのあるサウンドに負けていなかった。バンドの演奏を完全に把握し、いきいきと歌い上げた。

彼女の歌に三線の音に似たシンセサイザーが絡む。インターミッションで、ギターがロングトーンを駆使したソロを奏でる。続いて、シンセサイザーのソロ。

スリーコーラス目は、さらに演奏の厚みが増した。ギターも裏メロに参加し、シンセサイザーのストリングスがやや前面に出てくる。充分に歌い上げていたと感じられた有里は、まだ力を溜《た》めていた。彼女の歌はさらに力を増して盛り上がっていった。

矢野は、その歌を聴いて、恥も外聞もなく感動し、思わず涙を浮かべそうになっていた。

『波まかせ』というタイトルの曲はこうして完成した。

4

矢野は、桜庭、堀辺とともに、広告代理店の企画担当者に会いにいった。

企画担当者は、飯島という名で、まだ若い男だった。広告代理店の社員というのはエリートだ。そうした自覚がある。飯島は、桜庭や堀辺を本気で相手にしていないような感じだった。矢野の話も上の空で聞いているようなところがあった。

説明を聞きおわり、上原有里のアーチスト写真を眺めると、飯島は言った。

「沖縄キャンペーンだから、沖縄民謡の旋律ね……。なんか安易な気がするな……。こっちが求めているのは、こう、本来あまり関係ないけど、なんとなくハマっているという感じなんだけどな……。九三年の森高千里の『私の夏』、あったでしょ。全日空のキャンペーン・ソング。ああいうのなんだよね」

広告代理店の人間は、イメージだけでものをしゃべる傾向がある。

「ただの沖縄民謡じゃないんです」

矢野が言った。

「ブームの『島唄』の二番煎《せん》じでしょ？」

それは否定できなかった。そもそもは、上原有里がカラオケ・ルームで『島唄』を歌ったのがきっかけで生まれた企画だったのだ。矢野が、具志川という沖縄出身の新人をかかえていたことも企画に一役買っているが、二番煎じと言われては元も子もない。

だが、曲の仕上がりには自信があった。そして、キャンペーンの企画としては、決して悪くはないはずだ。

飯島は、上原有里の写真を見た。

「この子、素材としては悪くないんだけどね……」

水着の写真だった。

飯島は、桜庭に尋ねた。

「この先、売る自信、あるの？」

桜庭の影響力を疑っている口調だった。

「そりゃもう……。このＣＭが決まれば……」

「ＣＭひとつでメジャーになれるわけじゃないんだけどね……」

飯島は、もったいぶっている。なにが理由なのか矢野にはわからなかった。

桜庭が言った。

「いかがです？　上原有里本人と食事でも……。よろしければ、スポンサーの方もごいっしょに……」

飯島は、苦笑して見せた。

「飯食ったところで、事情はあまりかわんないよ」

飯島はそういったが、言葉とは裏腹に、どこか満足げだった。

そういうことか、と矢野は思った。ＣＭ企画担当者にも役得を提供しなければならない。新人タレントとの楽しいひとときが、こういう若者には必要なのだ。

さすがに桜庭はこの業界が長いだけあって心得ている。矢野はそう思った。

上原有里は、完璧《かんぺき》に『いい子』を演じ、接待をやってのけた。スポンサーと飯島を食事に誘い、その後、飲みに出掛けた。有里は、ソフト・ドリンクで付き合いつづけた。

矢野は、最後の店で仕掛けた。彼の顔がきくミニ・クラブに一行を連れて行き、ママに

『波まかせ』のカセット・テープを手渡した。

　彼は、飯島に言った。

「彼女の歌、聴いてみてくださいよ」

「歌？　おお、いいね。聴いてみようじゃない」

　飯島とスポンサーの間に有里がいる。飯島は上機嫌だった。

店に『波まかせ』が流れはじめた。酔って有里にあれこれ話しかけていた飯島が、おしやべりを止《ゃ》めた。勝負はこの瞬間に決まった。

　形ばかりのオーディションを経て、上原有里は、ＣＭに出演した。

　ＣＭ決定を受けて、エイト企画は、彼女の媒体露出を仕掛けまくった。

　三カ月後、『波まかせ』は、じわじわと話題になりはじめた。有線放送のチャートにまず反応が現れ、その直後に大ヒットとなった。

　テレビで歌うときは、具志川のバンドがバックについた。

　矢野は、それまで待っていた具志川たちのアルバムを発売することにした。具志川健の名前は、『波まかせ』とともに浸透しはじめていたため、アルバムも満足できる売上げとなった。

今や、上原有里もエイト企画のふたりも、矢野の会社のなかで丁重に扱われていた。堀辺は、こうした順境を経験したことがないので、面食らっているようだった。

桜庭は会社にやってくると大手を振って歩いている。

こうなると、発売に反対していた花井課長は立場がないはずだった。

しかし、花井は、あるとき、矢野に言った。

「矢野。おまえもようやく、仕事のやりかたがわかってきたようじゃないか。こういう仕掛けが大切なんだよ。いい経験をしたな。だがな、いい気になるなよ。たまたま運がよかっただけなんだ。本当なら、エイト企画のような弱小プロダクションのタレントが売れるはずはないんだ」

矢野は、花井の面の皮の厚さにあきれる思いだった。いつものように何も言わずにすませるつもりでいた。

しかし、どうしてもひとこと言わずにはいられなくなった。

「課長、仕事、楽しいですか?」

「何だって……?」

「いえ、それだけお訊きしたかったんです。失礼します」

雑誌の取材に付き合った折に、矢野は上原有里に言った。

「本当にたいへんなのはこれからだぞ」

「わかってます。あたし、生き残るためならハゲオヤジと寝るのも平気です」

「いい心がけだが、簡単に体を売ってもらっちゃ困る」

「そんなことさせませんよ……」

堀辺が本当に当惑して言った。

社に戻ると、具志川健が、次のシングルの打合せに来ていた。矢野は、具志川を会社の近くの喫茶店に誘った。

「上原有里の件では世話になったな」

「いえ……。おかげで、テレビにも出られましたし、アルバムの売上げもそこそこです。矢野さん、これで、ヒットメーカーの仲間入りですね」

「そんなことはないよ」

「俺たちも売ってくださいね」

「おう、任せておけ。売るのが俺たちの商売だよ。その代わり、うんと楽しんで仕事をしてくれ」

「楽しんで？」

「CDを買ったり借りたりするのは、楽しみたいからだろう？　作り手が楽しんでいないものを聴くほうが楽しめるはずがない。違うか？」

「仕事となると、しんどいこともあるでしょう？」

「しんどい仕事も楽しむんだよ」

「それがプロですか？」

「それがプロだ」

「まあ、やれると思いますよ」

飄々《ひょうひょう》とした口調で具志川は言った。

矢野は、またヒットの予感を感じていた。

未完成の怨み

1

そこは、住宅街のはずれにある古い文房具店だった。アッシは足を止めて、店の中を覗《のぞ》き込んでいた。

アッシは、下町を歩いたことなどあまりなかった。細い路地が入り組んでおり、道に迷ってしまいそうだ。浅草橋《あさくさばし》の駅を降りてから、ずいぶんと歩いた。

このあたりには、職人用の道具を売る店があり、品質のいい人形細工用の細筆や、小さな鑿《のみ》、切り出しナイフの類《たぐい》が手に入ると聞いてやってきた。

アッシは模型を作るのが趣味だ。プラモデルから始まり、ガレージキットや、フルスクラッチにまで手を出した。フルスクラッチというのは、素材から削り出すことをいう。モデリングの頂点ともいえる。

そのための道具を買いにやってきたのだ。もちろん、模型屋や画材屋などで、それなりの道具は手に入る。だが、趣味が高じて道具にも凝るようになっていた。面相筆《めんそうふで》などは、やはり子供だましの模型用よりプロが使うもののほうがずっとすぐれているということを知っていた。

ケバが立たず、細かい描き込みができるらしい。種類も豊富で、好みに合ったものが見つかるに違いないと思っていた。

たしかに、大工道具や人形細工のための道具類には魅力的なものがたくさんあった。歩き回るうちに商店街をはずれ、住宅街のはずれにやってきていた。

古い木造家屋が並んでいる。路地には竹で組んだベンチのようなものが置かれている。ベンチなどという言い方ではなく、日本風の呼び名があるのだろうが、アツシは知らない。その下に豚の形をした陶器の蚊《か》遣《や》りが置いてあった。

窓には、簾《すだれ》が掛かっており、ひどく懐かしい夏の風景だった。路地を抜けたところに、その文房具屋があった。古い店だ。長年雨風にさらされて、白茶けた木枠に汚れたガラスがはめてある。その引き戸の内側は暗い。

汚れたガラス戸を通して、プラモデルの箱が積まれているのが眼《め》に付いた。つい覗いてみたくなる。プラモデルがあると素通りができない。模型マニアの性《さが》だ。

小学生を対象とした文房具店のようだ。消しゴムや鉛筆、ボールペン、ノートなどが入り口近くに並んでいる。店の奥には棚があり、そこには見慣れたマークが見て取れた。赤と青の星のマーク。模型を趣味とする者なら誰《だれ》でも知っているマークだ。

プラ板やエナメル系の塗料の小瓶《こびん》が並んでいる。文房具店に、模型用の材料や道具が並んでいることが、アッシには意外だった。アッシは、大学一年生で、新興住宅街で育った。こうした店に馴染《なじ》みはなかった。

古い住宅街では、駄菓子屋のような感覚で、文房具店でおもちゃなどを扱っていたのだろう。昔は日本中にこういう店があったに違いない。

無造作に積まれているプラモデルの箱に近づいた。箱に埃《ほこり》が溜《た》まっている。日に焼けて変色している箱もある。

どんなものを置いているんだろう。何気なく、眺めていたアッシは、立ち尽くした。目を疑った。積まれた箱の中にとんでもないものが混じっていた。

サンダーバード1号、2号、3号、国際救助隊秘密基地、レッドキング、ジラースなどの初代ウルトラマンの怪獣たち、初代007のアストンマーチン……。

復刻版ではない。ブルマークやイマイの初版だ。

モノによっては十万円以上のプレミアムが付いている。子供たちは見向きもしないだろう。いずれも三十年以上前の製品だ。しかし、マニアにとっては宝の山だ。

アッシは、あわてて店の中を見回した。店員を探したのだ。棚の奥にひっそりと座っている老人がいた。老人は、客になど関心はないとばかりに、新聞を眺めている。

「あの……」

アッシは、尋ねた。「あそこにあるプラモデル、売ってるんですよね」

老人は、老眼鏡の上から上目遣いにアッシを見た。

「当たり前じゃないか」

老人は無愛想に言った。「店に置いてあるんだから、売り物だよ」

「いくらなんですか？」

「値段なら、箱に付いているよ」

アッシは慎重に尋ねた。

「定価ですか？」

「ああ。古いからと言って、まけないよ」

心臓がどきどきした。定価はいずれも数百円から千数百円だ。しかし、安く見積もっても、四、五万円、ものによっては十万円ほどのプレミアムが付いている。

店の老人には、その価値がわからないのだろう。売れ残った品を店に並べているだけに違いない。

アツシは、プレミアムがついているものの箱を慎重に取り出した。全部で六箱ある。すべて合わせても五千円ほどでしかない。

老人は胡散《うさん》くさげにアツシを見ている。

「それ、本当に買うんかね？」

「買います」

「店晒《たなざら》しだよ。最近は、このあたりも子供が少なくなってね。売れ残ったまま、何年も放って置いたんだ」

「定価でいいんですよね」

アツシは、言ってからしまったと思った。これらのプラモデルの価値に気づかれたら、ふっかけられるかもしれない。だが、老人はつまらなそうにうなずいただけだった。

「ああ。定価だよ」

アッシは、一万円札を出した。老人は、算盤《そろばん》で会計した。アッシは胸の高鳴りを抑えきれなかった。

釣り銭を渡すときに、老人が言った。

「だけど、あんた、それ本当に作るんだろうね」

「え……?」

「プラモデルだよ、それ。ちゃんと組み立ててやらなければ……」

組み立てる？　冗談じゃない。組み立てたとたんに価値はなくなる。未開封、箱付きでなければ……。

アッシは曖昧《あいまい》にうなずいた。

「ええ。まあ、暇を見て……」

「プラモデルはね、作ってやらなけりゃだめだよ」

「ご主人も、プラモデル、作るんですか?」

「年を取るとね、眼も悪くなるし、手もなかなか思うように動いてくれない。でも、昔はずいぶん作ったよ。日本海軍の戦艦が好きでね」

なるほど……。かつての模型マニアだったというわけか。店に模型材料や塗料を置いてあるのがうなずけた。

しかし、模型マニアの現状は知らないらしい。でなければ、初版の模型を店晒しにしているはずはない。

アッシは、挨拶《あいさつ》もそこそこに店を出ようとした。背中に、老人の声が聞こえてきた。

「いいかね？　作ってやらなきゃだめだよ。そして、完成させてやらなきゃ……。くれぐれも言っておくよ」

2

アッシの部屋には、特別に換気扇《かんきせん》が取り付けてあった。窓に細工をして、自分で取り付けたのだ。塗装をするときに溶剤が部屋に充満しないための換気扇だ。

その換気扇はスチールデスクのすぐ脇《わき》にある。デスクの上には、大判のカッティングマットが敷いてある。カッティングマットは、パテや塗料で汚れ、ナイフの傷が無数に付いていた。

デスクの上には、プラ板やプラ棒、プラパイプ、真鍮《しんちゅう》線にアルミ線など、模型の材料を分類して保管してある棚がある。引き出しの一つには、塗料の瓶がぎっしり詰まっている。また、別の引き出しには幾種類ものナイフやピンセットなどの工具類がしまってあった。

デスクの脇には、エアブラシのホルダーがあり、〇・二ミリ口径と、〇・四ミリ口径のハンドピースが置かれている。

デスクの下には、エアブラシのためのコンプレッサーがあった。

カッティングマットの上には、作りかけのプラモデルが置いてある。ガンプラだ。百分の一スケールのMGと呼ばれるシリーズで、RX78GP01を作っている最中だった。

アツシは、押し入れを開けて、中にあったプラモデルの箱を引っ張り出した。そして、買ってきた大切なプレミアム付きの初版の箱を丁寧《ていねい》に積み上げていった。

引っ張り出した箱は、部屋の中に積み上げる。すでに、部屋のいたるところに、未組みの箱が積み上げられている。

モデルマニアは、一度に同じものを三箱買う。一つは組み上げるため、一つは改造のため、一つは、未開封で保管するためだ。その話を最初に聞いたのは十年以上前だ。アッシは、ばかばかしいことをすると思った。だが、本格的に模型作りを趣味にしはじめると、その気持ちがよくわかるようになった。今では、アッシも新作が出ると、三箱を買うようになっていた。

押し入れにしまった箱のことを思い出すと、落ち着かない気分になってきた。価値のあるものばかりだ。だが、ただ所有しているというだけでは満足できない。どうしても他人に自慢したくなる。

アッシは携帯電話を取り出し、ミヤゾノにかけた。模型マニア仲間だ。ワンフェスや、その類の模型のイベントにはいつもいっしょに出かける。そのうち、二人でディーラーをやろうと言っていた。イベントで自作のガレージキットなどを売るのがディーラーだ。

「ちょっと、うちに来ないか?」

「何だよ」

ミヤゾノは面倒くさそうだった。

「いいものが手に入ったんだ」

「いいもの?」

ってやった。


「見てびっくりだぞ」

「限定品か何かか?」

「もっとすごい」

「わかった。すぐに行く」


ミヤゾノは、四十分後にやってきた。アツシは、押し入れを開けて、箱の山を見せてやった。

ミヤゾノは最初、訝《いぶか》しげにその箱を眺めていたが、やがて驚愕《きょうがく》に目を見開いた。


「初版か……?」

「間違いない」

「おい、こいつはすごいな……」


アツシは、ようやく貴重な品を手に入れたという実感がわいてきた。やはり、コレクターやマニアというのは、他人に自慢してようやく満足を得ることができるのだ。


「運がよかったんだ」

「オークションか何かか?」

「いや、定価で買った」

　ミヤゾノはさらに驚いた顔をした。

「定価だって？」

「そう。全部で五千円くらいしかかかってないよ」

　ミヤゾノがアッシの顔をしげしげと見た。

「おまえ、気をつけないとな……」

「ああ、わかってる。ここにこれだけのものがあるとわかれば、マニアは黙っていない」

「それもそうだが……」

　ミヤゾノの態度が気になった。

「何だ？」

「知らないのか？　プレミアムが付いているようなプラモデルを定価で買ったら、必ず組み立てて完成させなければならないんだ」

「ばかなことを言うなよ」

　アッシは鼻で笑った。「変な作り話、すんなよ。おまえ、俺がプレミアムものを手に入れたんで、妬《ねた》んでいるんだろう」

「違うよ。これは、マニアの間で語り継がれているんだ。もし、ちゃんと組んで完成させてやらなければ、買ったやつはひどい目にあう」

「どんな目にあうんだ？」

「最悪の場合、死ぬ。溶剤に引火して火事になったり、突然、レジンの粉にアレルギーを起こしたり……」

「ばかばかしい……」

「ああ、ただの噂《うわさ》かもしれない。でも、気をつけたほうがいい。だんだん、妙なことが起こりはじめるらしい。そうしたら、死が近づいていると思ったほうがいい」

「妙なこと？」

「他の模型を作ろうとしてもどうしても完成しないとか……」

「そんなこと、あるはずないじゃないか」

ミヤゾノは肩をすくめた。

「俺は、そんなプレミアムものを定価で買ったことなどない。だから、本当かどうかはわからない」

「おまえだって、開封しちまったら価値がなくなることくらい知っているだろう。箱のまま取っておかなきゃ意味がない」

「そりゃそうだけど……。死んじまったらなんにもならんぞ」

「プレミアムものを持っているマニアはいくらでもいる。その連中がみんな死んじまうってのか？」

「プレミアムものをプレミアムものとして、オークションなんかで競《せ》り落《お》とした場合は問題ないらしい」

「そんな都合のいい話があるかよ」

「まあ、いいさ。俺は、どちらかというと、模型を作ることが楽しいんだ。プレミアムものを集めて悦に入る連中とは違う」

アツシだってそうだった。模型マニアの基本は作ることだ。技術を磨き、作品の完成度を高める。それが楽しいのだ。だが、だからといって、宝の山を見過ごしにすることはできなかった。

「ところで、おまえ、ガンプラ王選手権はどうするんだ？」

ミヤゾノが言った。気まずくなったので、話題を変えたいらしい。ガンプラ王選手権というのは、ある模型雑誌が主催するプラモデルのコンテストだ。

こうしたコンテストはいくつかあり、いずれもライターの登竜門となっている。模型の世界でライターというのは、ただ単に文章を書く人ではなく、雑誌に載せるための模型の作例を作る人のことを指す。

アッシは、造形師や模型ライターを目指している。今はぼんやりとした夢でしかない。それで食っていこうとは思わない。ほとんどのライターが他に仕事を持っているのだという。

ライターになるというのは、モデラーにとって、一種のステータスなのだ。コンテストで賞を取ることで、ライターに大きく近づける。ミヤゾノもそれを狙っている。

「今作ってるよ。GP01だ」

「MGか。かなり手を入れるんだろう?」

「そのつもりだ。ディテールアップで、玄人《くろうと》受けを狙う」

「俺《おれ》はリ・ガズィだ」

「素組みはだいたい終わった。これからどこに手を入れるか、計画を練る」

「まあ、お互い、がんばろうぜ」

アツシはミヤゾノの態度に腹を立てていた。妬ましいのはわかる。だが、あんなくだらない作り話をすることはない。嫌がらせだ。

3

アツシは、模型作りに集中してミヤゾノとの会話を忘れようとした。

今のロボットもののプラモデルはたいてい接着剤なしでぱちんぱちんとはめ込んでいけば完成するようにできている。

だが、モデラーは、はめ込むための出っ張りを切り落とし、接着剤でしっかりと貼り付ける。そうしておいて、レザーソーという小さなノコギリで脚や腕などの部品を真っ二つに切り、そこにプラ板を挟んだり、あるいは、逆に削ったりという作業をして、長さや太さを変える。プロポーションを整えるためだ。

顔の部分も、削ったりパテを足したりという作業で、自分のイメージに近づけなければならない。

胸のボリュームやラインが気に入らない場合も、パテを盛って削り出したり、逆にパテで内張りをしてから削り込んだりする。

模型雑誌にはそういう改造の仕方が毎回載っており、マニアは改造しなければならないような強迫観念に駆られてくる。

アッシもいつしかそうなっていた。プラモデルをそのまま組み上げることを素組みというが、素組みなど素人《しろうと》のやることだと思うようになっていた。

どうしても、切ったり貼ったりをしないと満足しない。もちろんそういう作業は手間がかかる。これまで、途中で放り出してしまったプラモデルもいくつかある。

完成しない病とモデラーの間では言う。手を加えすぎて、完成する前に力尽きてしまうのだ。

アッシは、今手がけているGP01の足首から改造していくことにした。脚から作っていくのがアッシのやり方だ。下から組んでいけば、バランスが取りやすい。まず、足首の可動範囲を広げてやることにした。

外見に影響がない程度に削り込んでやる。手慣れた作業だ。まずシャープペンシルでアタリを付け、デザインナイフで削り込む。サンドペーパーで仕上げをすれば出来上がり。

だが、デザインナイフにちょっと力を入れたとたん、部品がパキッと割れた。

アッシは眉《まゆ》をひそめた。そんなに力は入れていないはずだった。部品は割れたが、モデラーは焦らない。プラ板で補修することなど簡単だ。

気分を変えるために、太腿《ふともも》の部分の改造をすることにした。レザーソーで縦に切り、太さを少し詰めるつもりだった。スマートさを強調したかった。

レザーソーの刃がぱきりと折れた。

何だよ、これ……。

アッシは苛立《いらだ》ち、道具箱の中をかき回した。スペアの刃を探したのだ。だが、スペアは見つからない。まだ残っているはずだと思っていたが、どうやら切らしていたらしい。

作業がいっこうに進まない。その日は、やる気をなくして、模型作りをやめてしまった。

翌日も、妙なことが次々と起こった。

頭部の形を整えようと、盛りつけたエポキシパテがいっこうに硬化しない。混合の分量を間違えたのだろうか。

また、胸の部分に盛りつけた、ポリエステルパテが、スチロール製の部品を侵食してしまった。部品の表面が溶剤で溶けだしたのだ。稀《まれ》に、ポリエステルパテを使うとプラモデルの部品を侵すことがあると聞いたことはあったが、経験したのは初めてだ。

「ちっ。湿気のせいかな……」

アッシは、壊れた部品を前にして途方にくれる思いだった。予備のキットはある。だが、その箱を開く気になれない。やる気がそがれてしまっている。

そのとき、ミヤゾノが言ったことを思い出していた。

「だんだん、妙なことが起こりはじめるらしい。そうしたら、死が近づいていると思ったほうがいい」

ミヤゾノはそう言った。

ばかな。これは偶然だ。ただ、たまたま失敗が重なっただけだ。

だが、これまで、こんな失敗をしたことがないのもたしかだ。プラモデルの改造を始めた頃に何度か失敗をした。技術が未熟だったし、パテの扱いに慣れていなかった。素材の扱いにも慣れ、技術も充分に取得している今、こんな失敗は考えられない。

もう一度、やってみよう。

アッシは、硬化不良を起こしているエポキシパテを頭部のパーツからきれいに取り去り、もう一度、エポキシパテを練って押しつけた。エポキシパテは二種類の材料を練り合わせることで、硬化が始まる。その分量にも充分に気をつけた。分量を間違えると硬化不良を起こすのだ。

結果は同じだった。どうしてもエポキシパテがうまく硬化してくれない。

背筋が寒くなった。

死が近づいているのか……。

ミヤゾノはそう言った。あれは、ミヤゾノの作り話ではないのか。

アツシは、ミヤゾノに電話した。

「昨日の話だけどな……」

「ああ。気味悪がらせるつもりはなかったんだ。ただ、気になったんでな」

「おまえの作り話じゃないんだな？」

「ただの噂だよ。都市伝説みたいなもんだ。気にすることはない」

「硬化不良が起きるんだ」

「硬化不良？」

「エポキシパテがうまく固まってくれない」

「劣化してんじゃねえの？　新しいの買えよ」

「ポリパテを盛ったところが、侵食されちまった」

「稀にそういうことはあるよ」

「力も入れないのに、レザーソーが折れた」

「金属疲労かもしれない」

「デザインナイフで部品を削っていたら、突然割れた」

「力入れすぎたんだろう？」

「結局、作業はまったく進んでいない。こんなことは初めてだ」

ミヤゾノが押し黙った。

アツシは言った。

「他の模型を作ろうとしても完成しない……。たしか、おまえ、そう言ってたよな」

「ああ、たしかに、そういう話を聞いたことがある。しかし……」

「実際に起きているんだよ」

アツシは、しゃべっているうちに、恐怖が背筋を這《は》い上がってくるのを感じた。「これって、俺が死ぬ前兆なんじゃないのか？」

「俺、わかんねえよ。俺だって、噂を聞いたってだけだし。とにかく、落ち着け。たまたま失敗が重なっただけだろう。落ち着いて作業すれば、うまくいくさ」

そうは思えなかった。

何をやってもうまくいかない。

アッシは、あの文房具店の老人が言ったことを思い出した。

「いいかね？　作ってやらなきゃだめだよ。そして、完成させてやらなきゃ……。くれぐれも言っておくよ」

アッシが店を出ようとしたとき、あの老人はたしかにそう言った。

「また、電話する」

アッシは、電話を切ると家を出た。

あの文房具店にまたやってきた。ここに来ると、時を超えてはるかな過去にやってきたような気がする。景色がセピア色がかって見えるような気がする。古い木造家屋が多いせいかもしれない。そして、夕暮れが近づいているからだろう。

薄暗い文房具店の奥には、例の老人がいた。

「あの……」

アツシは声をかけた。老人は、老眼鏡の上から覗くようにアツシを見上げる。

「なんだね？」

「あの、俺、昨日、ここでプラモデルを買ったんですけど……」

「ああ、あんたか。返品は受け付けないよ」

「そうじゃないんです。聞きたいことがあって……」

「なんだね？」

老人は面倒くさそうだ。

「必ず組み立てろって、ご主人、言いましたよね」

「ああ。当たり前じゃないか。プラモデルなんだから」

「組み立てないとどうなりますか？」

「プラモデルが無駄になるな。なにせ、組み立てられるために生まれてきたんだからな」

ゆっくりと夕暮れが近づいていた。わずかに夕日が店内に差し込んでいる。曇ったガラス窓を通して、残ったプラモデルの箱を照らしていた。

「組み立てられるために生まれてきた……？」

老人がかすかに笑ったような気がした。

「組み立てないで、箱のまま売り買いしている連中がいるらしいな」

アツシは首筋に氷を押し当てられたように感じた。老人は知っていたのだ。

「あの……、俺は……」

「そう。プラモデルは組み立てられて飾られるために生まれてくる。組み立てることの楽しさを提供するために生まれてくるんだ。しかし、すべての製品が組み立てられるわけじゃない。未開封のまま長年放っておかれるものもある。そうなると、そいつは怨みを抱《いだ》くようになる」

「プラモデルがですか？」

「そうだよ。みんな組み立ててほしいんだ。完成してもらいたいんだ。だが、そうしてもらえない。その思いがやがて怨みに変わる。古いプラモデルほどその怨みが強い」

「プラモデルに意志があるとでも言うのですか？」

「あるさ」

老人はあっさり言った。「何にでも意志はある」

「俺が買ったプラモデル、作らないとどうなりますか？」

「あいつらは、皆古いからな。怨みを募らせている。取り殺されるかもしれない」

老人の姿がゆっくりと闇に沈んでいくように見えた。暮色が急速に濃くなっていく。

「取り殺される……？　でも、世の中には、プレミアム付きのプラモデルを未開封で所有している人はいっぱいいますよ」

「高値で売り買いするんだろう？　その段階で、プラモデルとしての役割を終えている。別の価値が生まれ、プラモデルたちも諦《あきら》める。だが、おまえさんは、定価で買ったんだ。つまり、彼らは作ってもらうことをまだ期待している」

「何人か、すでに死んでいるという噂を聞きました」

「そりゃ死ぬさ。古いものの怨みは強いよ」

「俺は……、俺はどうすればいいんですか？」

「簡単なことだ。言っただろう？　組み立ててやればいいんだ」

何万円ものプレミアムがついた初版のプラモデル。その封をやぶる勇気が、俺にあるだろうか。

アツシは、茫然《ぼうぜん》としたまま店を出た。

4

ミヤゾノが、アッシの部屋であきれた顔で棚を眺めている。

そこには、サンダーバードや、国際救助隊の秘密基地、ウルトラマンの怪獣などが並んでいる。

「作っちまったのか？」

ミヤゾノが言った。

「全部で二、三十万はしただろうに、それをパーにしちまったんだ」

「いいんだよ」

「素組みかよ」

「ああ。接着剤でくっつけて組み上げるだけだ。パーテーション・ラインだけは丁寧に消してやったけどな」

「塗装もしてない」

「初めてプラモデル作ったときのことを思い出したよ。小学生の頃のことだ。蓋《ふた》を開けるとき、わくわくしたよなあ。しばらく忘れていた」

ミヤゾノは、今となってはただ古いだけで何の価値もない素組みのプラモデルを見つめている。

「そうだな」

彼は言った。「あの頃、完成しない病なんて考えられなかった。メシ食うのも忘れて、
一日で作っちまったっけ……」

「やっぱ、組み立てることが楽しかったんだ」

「それだけじゃないな」

ミヤゾノはしみじみと言った。「素組み、未塗装、デカールのみ。なかなか味があるじ
ゃないか。なんか、俺たち、別なものを作っていたような気がするな」

アツシは言った。

「そいつら作ってやってから、ＧＰ０１の作業も進んだよ」

ライターになる夢は諦めていない。

ミヤゾノが、机の上にある作りかけのＧＰ０１に眼をやった。

「丁寧な仕事じゃん」

「キットの良さを活かさないとな。プラモデルは単なる素材じゃない。切ったり貼ったりばかりを考えてると、今にバチが当たる」

「おまえ、一命を取り留めたのかもしれないな」

「本当にそうかもしれない」

完成しない病で、そのまま放ってあるキットも、いずれちゃんと組み上げてやろう。アツシはそう思った。

プラモデルは、組み立てられるのを待っている。組み立てる楽しみを提供してくれるのだ。プラモデルだけではない。人間に何かの楽しみを提供しようと、この世に生まれてくるものがたくさんある。その恩恵は大きいが、それをないがしろにすると、しっぺ返しもまた大きいのかもしれない。

公安の仕事

1

警視庁の高層階用エレベーターに乗り、十三階で降りる。朝一番でするのは、まずコーヒーを飲むことだ。

倉島達夫は、今日もゆっくりとコーヒーを味わった。ようやく目が覚めた気がする。何があっても、この儀式だけは譲れない。

当初は眉《まゆ》をしかめていた課長の下平透も、それを認めてくれている様子だ。

倉島は、三十四歳の警部補だ。公安部の中では若手だ。

警察は、経験がものをいう世界だ。そういう意味で、自分はまだまだ経験不足だと思っている。

だが三年前、外事一課に異動になってから、ロシア人の殺し屋が入国したことを皮切りに、さまざまなことを経験した。ロシアの田舎町で銃撃戦まで体験したことがあるのだ。

公安部外事一課の仕事は多岐にわたる。いちおう、ロシア、東欧などの旧共産圏のスパイ事案を担当するというたてまえになっているが、日本の法律ではスパイを取り締まることができないのだから、勢い、表立った捜査よりも、人目につかない活動が主となる。

経験だけでなくセンスも重要だ。刑事には捜査センスが必要なように、公安の情報マンは独特のセンスが問われるのだ。

情報の重要性を見抜くセンス、そして危険に対するセンスだ。

自分にどの程度のセンスがあるかはわからない。だが、最近ようやく、それほど悪くはないなと自負できるようになってきた。

倉島は、コーヒーを飲み干すと、下平課長の部屋に行った。

「今、ちょっといいですか?」

「入ってくれ」

課長は、手もとの書類を見つめたまま言った。課長ともなれば、眼を通さなければならない書類も膨大だ。

　倉島は言った。

「金が必要なんですが……」

　課長は眼も上げずに尋ねた。

「まとまった金か？」

「制限なし、領収書もなし……」

　ようやく顔を上げて、下平課長は倉島の顔を見た。別に驚いた様子はない。

「何のための金だ？」

「ちょっと仲良くなりたい人物がいましてね」

　下平課長は、しばらく倉島の顔を無言で見つめていた。倉島も、下平課長を見返していた。かつては視線を向けられるだけで緊張したものだが、今はそんなこともない。

「わかった。手配しておく。当面必要な額を一係に行ってもらってこい。必要になったらそのつど請求してくれ」

　第一係は、外事一課の庶務を担当している。

「本庁《カイシャ》に顔を出せないこともあるかもしれません」

「そのときは、所定の口座に振り込むか、誰《だれ》かに届けさせる」

「了解しました」

下平課長は、倉島の要求に対して詳しい説明を一切求めなかった。ようやく一人前扱いしてくれるようになったか。

倉島はそう思った。

公安の情報マンは、独自に活動をする。隣の席の同僚にも活動内容を知らせないこともある。

すべては結果なのだ。重要な情報を手に入れるためなら手段は選ばない。そのために、公安の情報マンは、刑事などより金銭面でかなり優遇されている。

領収書の必要のない金が、まとまった額でプールされているのだ。

その日の午後、倉島は、第一係で五十万円を受け取り、庁舎を出た。

自宅に戻ると、倉島は紺色のスーツを脱ぎ、ネクタイも外し、白いワイシャツも脱いだ。ブルーグレーのシャツにベージュの綿ジャケットを羽織り、オフホワイトのコットンパンツをはいた。靴は、茶色のローファーだ。

たちまち印象が変わった。スーツを着ていたときは、いかにも目立たない公務員という感じだったが、着替えると、遊びに慣れた若い富裕層に見えた。

自宅を出るときに、反射的に周囲を見回していた。尾行や監視がないかのチェックだが、すでにそれは習慣になっている。無意識のうちにやってしまうのだ。

地下鉄を乗り継いで、六本木までやってきた。東京ミッドタウンの向かい側にある雑居ビルの三階。トレビという名のクラブに入る。

「倉島さん、いらっしゃいませ」

黒服の男性がにこやかに声をかけてくる。フロアマネージャーだ。

一度飲みに行くと五万円以上が飛んでいく高級クラブだ。倉島は、このところ月に三度ほど顔を出している。

席に着くとすぐにマネージャーがホステスを連れてやってきた。ヘルプの子で、初めて席に着く。水割りを一杯飲み干す頃に、担当のホステスがやってきた。

ユキという名で二十六歳だという。背が高く、胸が大きいという、男の贅沢心をくすぐるような体型をしている。頭の回転も早く、自分のことをしゃべるより、相手にしゃべらせる術《すべ》を知っている。

倉島は、そこが気に入っていた。

水割りで乾杯をすると、あれこれとたわいのない話をする。そのうちに、必ず仕事の話になる。

「倉島さん、IT関係だったわよね」

「誰がそんなこと言ったんだ？」

「誰だっけな……。マネージャーかな？」

「俺《おれ》は、そんなことを言った覚えはないぞ」

「じゃあ、何やってるの？」

「こういう店は、そういうことをあんまり詮索《せんさく》しちゃいけないんじゃないのか？」

「えー、倉島さんのこと、いろいろ知りたいじゃない」

「さすがにうまいことを言うな」

「本心だってば」

「ま、ITってことにしておいてもいい」

「つまり、違うってことね」

そのとき、やや離れた席に客が入ってきた。そちらをあからさまに見ないように気をつけながらユキに言った。

「あの人、たしか外務省のキャリアだよな」

「あら、よく知ってるわね」

「ちょっと仕事絡みでね……」

「外務省と関係ある仕事？　そうは見えないわね……」

「お役所の周りには、いろいろなやつがいるんだよ。外郭団体から備品を納入する業者までね」

「ふうん……」

ユキは決して知ったかぶりをしない。その点も倉島は評価している。

「頃合いを見て、挨拶《あいさつ》に行こうかな……」

「あら、じゃあ担当の子を後で呼んであげるわ」

「紹介してくれるのか？」

「その代わり、今度来たときにその子を指名してあげてね」

三十分ほど飲んで座がこなれてきた頃、ユキがマネージャーに、外務省の役人を担当しているホステスを呼んでくれと言った。

それからややあって、マネージャーがその席に行った。外務省の役人は、あからさまにお気に入りの子が席を離れるのが面白くない様子だ。

その子が倉島の席にやってくる。タマキという名前だった。

倉島が何も言わなくても、ユキがタマキに話を通してくれる。

「じゃあ、ちょっとお席に行ってみる?」

「ありがたい」

倉島は言った。「なかなか話しかけるきっかけがなくてね……」

さっそくタマキについて外務官僚の席に行く。

タマキが役人に言う。

「梶本さん。紹介したい人がいるの」

梶本と呼ばれた外務官僚は、猜疑心《さいぎしん》に満ちた眼を倉島に向けた。

「こちら、倉島さんとおっしゃって……」

倉島は礼をした。

「梶本行雄さんですね。ご無沙汰《ぶさた》しております」

梶本は警戒を解かない。

「どこかでお会いしましたか？」

「以前、中国作家協会の方々をお招きしたときに、レセプションパーティーの席で……」

倉島は、ある文芸団体の名前を出した。梶本の表情がようやくゆるんだ。

「ああ、あのときの……。では、あなたも小説家ですか？」

「いえ、でも、いちおう会員なんです。何冊か本を出していれば会員資格があるので……。

本業は私立大学の准教授をやっています」

「大学の先生には見えないなあ。それに、大学の准教授がこんな店に飲みに来られるのですか？」

「たまたま書いた新書本がちょっと売れましてね……。独身ですし、こういう店で遊ぶのが好きなんですよ」

「そりゃ、趣味が合いそうだ」

「いろいろとご紹介できると思いますよ」

「あら」

タマキが言う。「ほかの店に連れてったりしちゃだめよ」

引き時だと思った。

「おくつろぎのところ、失礼しました」

もとの席に戻ろうとすると、梶本が言った。

「まあ、せっかくここで会ったのも何かの縁だ。どうです？ 席をごいっしょしませんか？」

「ご迷惑でなければ……」

「いつも一人で来るんでね。たまには気分も変わっていい」

「では、お言葉に甘えて失礼します」

ユキもこちらの席に呼び、店の者にグラスやボトルを運ばせた。

「先日お会いしたときは、梶本さんは外務省で中国関係のお仕事をされていましたね。今もそうなんですか？」

「そうだよ。チャイナ・スクールって知ってる？」

「ええ、言葉だけは……」

「もともとは、中国語に堪能で中国に赴任した経験のある外交官のことをいったのだが、今では外務省内の中国を重視する者たちのことをいうようになった」

「つまり、梶本さんはチャイナ・スクールというわけですか？」

「今、日本にとって中国がどれくらい重要か、マスコミも一般人も認識が甘すぎるね。経済、軍事、資源、どれをとっても今の日本は中国抜きには考えられないんだ」

「はあ……」

「まあ、こんな話をしてもつまらんだろう。本を書いたと言ってたね。どんな本？」

「超整理術、みたいなノウハウ本ですよ。新書版で出したら、思いがけず売れちゃいましてね。担当の編集者もびっくりしてました」

「俺もね、ゆくゆくは本を書いてみたいんだよ。これまでの経験を活かしてさ……」

「編集者とか、紹介しますよ」

「本当か？」

梶本は、眼を輝かせた。

「ええ。ただ、編集者は企画だけじゃなくて、原稿そのものを見たがるんです。原稿を書かれた後ならば、いくらでも紹介します」

「暇になったら、ぜひ書いてみたいな」

暇になるというのは、天下りをして悠々自適の生活になったらということだろう。

そう思ったが、もちろんそんなことは口には出さなかった。

「飲みに出られるのは、六本木が多いんですか？」

「そうだな。銀座も行くが、俺は六本木のほうが好きだね。中国大使館が元麻布にあるから、自然と銀座よりも六本木のほうに足が向くようになったな……。そうだ、君はこういう店が好きだと言っていたな。ほかにはどんなところに行く？」

「そうですね……」

倉島は、有名どころの名を何軒か挙げた。

「まあ、そんなところだろうな……」

ちょっと優越感をうかがわせる口調だった。

「どこかいいところをご存じですか？」

「ああ、授業料だけはたっぷり払っているからな」

「ぜひ、連れて行っていただきたいですね」

「そうか？」

梶本は、うれしそうな顔になった。「善は急げだ。これから行ってみるかね？」

「はい。お伴します」

「おい、勘定してくれ」

梶本がタマキに言う。

「あ、ここは僕が……」

倉島が言うと、梶本は、顔をしかめた。

「いいよ。会ったばかりの人におごってもらうわけにはいかない」

「お近づきの印です。払わせてください。なにせ、ほら、僕には印税がたっぷり入ったので……。交際費にでも使わないと税金で持ってかれちゃうんですよ」

「そうか……。悪いな……」

倉島は現金で払った。

カードを使うと、どこで足がつくかわからない。公安の情報マンは、携帯電話すら使わない。相手の電話に着信履歴が残るからだ。今でも、テレホンカードを持ち、公衆電話を利用している。

今時、街中で公衆電話などなかなか見つからないが、駅に行けば必ずあるし、交番のそばにもある。

公安の情報マンは、交番では決して電話を借りない。相手が同じ警察官であっても身分を明かすことを嫌うのだ。

公安の同僚の中には、声を覚えられるのも嫌だといって、庁内でも滅多にしゃべらない者さえいる。

二人連れだって店を出ると、ホステスたちが見送りにビルの下までついてきた。派手に着飾った美しい女性たちに大きな声で見送られることに優越感を覚える人もいるらしいが、倉島は、どうも苦手だった。

倉島は、いつもの癖で周囲を警戒していた。すると、明らかにこちらを気にしている外国人に気づいた。

砂色の髪に青みがかった灰色の眼。スラブ人の特徴が見て取れる。

倉島は、かすかに笑いながら眼をそらし、素知らぬ振りをした。

梶本がタクシーを拾った。

「祖師ヶ谷大蔵」

運転手に告げた。

2

梶本の現在の仕事についてわざとらしく尋ねたりしたが、もちろん今どんな部署でどんな仕事をしているか、倉島は知り尽くしていた。

その上で接触を試みたのだ。

梶本は、住宅街の一角でタクシーを降りた。倉島が料金を払おうとしたら、役人の特権だと言ってタクシーチケットを使った。

外見上、何の変哲もないマンションにむかう。オートロックだ。梶本は、玄関の脇《わき》にあるテンキーで部屋番号を打ち込んだ。

インターホンから声が聞こえた。

「どちら様でしょう」

梶本が名乗ると、ややあって玄関のドアが開いた。

倉島は興味深げな態度で尋ねた。

「ここは何です？」

「まあ、ついておいでよ」

エレベーターで最上階に向かった。分譲マンションのようだ。梶本がドアの前でまたチャイムを鳴らす。今度は名を聞かれることもなくドアが開いた。

「いらっしゃいませ」

上品な声が聞こえた。白髪の初老の男が二人を出迎えた。倉島は、ここがどんなところかだいたい読めていた。秘密クラブか何かだろう。

そうした場所の店員というのは、どこか胡散臭《うさん》い連中だ。だが、この初老の男は、ホテルの支配人と言われても信じられるくらいに素性がよさそうに見えた。

「今日は私の客を連れてきたよ」

梶本が言うと、その男はかすかにほほえんだ。

「梶本様のご紹介なら大歓迎です」

「さあ、入ろう」

中は、思ったよりもずっと広かった。一面に厚いカーペットが敷きつめられており、大きなクッションがところどころに置いてある。テーブルや椅子《いす》はない。

何組かの客がいたが、みなクッションを抱いて寝そべったり、あぐらをかいたりしている。そのそばにチャイナドレスの女性たちが寄り添っていた。

「くつろいでください」

梶本が他の客同様にクッションに寄りかかった。

「はい」

倉島がカーペットの上に腰を下ろすと、奥の部屋からチャイナドレスの女性が二人現れた。彼女らは、飲み物をのせた盆を持っている。

「俺のボトルだから、自由に飲んでくれ」

梶本が言った。

二人の女性は、すぐに中国人だとわかった。梶本が片方の女性と中国語で会話を始めたのだ。倉島の相手をする女性は、日本語がうまかったが、やはり大陸の訛《なま》りがあった。

なるほど、ここは中国人クラブだったのか……。

こんなマンションの一室で、飲食店の許可が下りるとは思えない。違法な営業に間違いないが、倉島は生活安全部ではない。そんなことはどうでもよかった。

逆に、何かに利用できるかもしれないとさえ思っていた。

「歌舞伎町あたりの中国人パブなんかは、貧乏くさくていけない」

梶本が言った。「経営者も怪しげなら、働いているのは不法滞在の連中ばかりだ。だが、ここはちょっと違う。選び抜かれた中国美女たちがいる。みんなモデルとか芸能人として来日している。実際にそういう仕事をしている者もいる」

「酒の相手だけではなさそうですね」

「もちろん、気にいれば連れ出すことも可能だよ。ただし、店は関与しない。チップは本人に直接渡してやるんだ」

「なるほど……」

「しかし、まあ……」

梶本は、つまらなそうに言った。「俺は今さら中国女性でもないけどね……」

「では、わざわざ僕のためにここまでいらしたということですね？」

「どうだい？　気に入ってくれたかね？」

「もちろんです」

「好きな子を連れだしてかまわんよ。六本木の店を払ってもらったから、ここは私が持つ」

おそらくこの店の者は、梶本に金を請求したりはしないのだろう。その代わり何かと便宜をはかってもらっているに違いない。

「ありがとうございます。支払いのほうはお言葉に甘えます」

「なんだ、女はいらないってことか？」

「もちろん、僕だって嫌いじゃないですよ。ただ、今日はちょっと……」

「まあ、適当に飲んで好きな時間に帰っていいよ。俺もそうするから……。明日も早いしな……」

「ありがとうございます」

「連絡先を教えてくれよ。携帯電話とかさ……」

「ああ、すいません。携帯は持たない主義なんで……」

「なんだよ、今時珍しいな。不便だろう」

「別に持ってなければ持ってないで、不便を感じたことはありませんね。たいてい大学にいますし……。メールはパソコンでチェックします」

「じゃあ、そのメール・アドレスを教えてくれ」

「いいですよ」

倉島は、メモ用紙をもらい、アドレスを書いた。最後が、「.ac.jp」になっている、大学などで使われるアカウントだ。これは、仮想アドレスだ。ポータルサイトで契約しているフリーメールに着信する。送信するときも、このアドレスが表示される。あらかじめそういうふうに設定したものだ。

結局、その日は深夜零時を回る頃に二人とも引き上げた。

初日のコンタクトとしては上出来だろうと、倉島は思った。今日は、挨拶程度にしておいて、また六本木のクラブなどで再会したときに、本格的に作業に入ろうと思っていた。

公安部員が「作業」という場合は、特別な意味を持っている。対象者なり対象団体なりに、体を張って何かを仕掛けるような場合に使う言葉なのだ。

それが向こうから同席しようと言ってきたのだ。

なるほど、脇のあまいやつだ。

倉島は、ほろ酔い気分で自宅に戻った。タクシーに乗るときや、自宅のマンションに戻るときに、周囲を見回した。

すでに、さきほど見たスラブ系の男は姿を消していた。

翌日、倉島は梶本の職場に電話した。昨夜の礼を言って、しっかりとツナギを確保したのだ。そして、次回の約束を取り付けた。

それから、倉島は、何度か梶本と飲み歩いた。二度目からは、割り勘で飲むようになった。そのほうがお互いに気が楽だということになったのだ。

時には、梶本の連れがいることもあった。そのときは、連れがすべての勘定を払った。詳しく紹介されなかったが、外郭団体の役員か何かだろうと思った。

一カ月ほど経《た》った頃、倉島は下平課長に報告に行った。

「マル対は、うまく釣れました」

下平課長は、いつもと同様に書類を見ながら言った。

「それで、そのマル対は何者か、話してくれるのか？」

「外務省のキャリア官僚です。アジア大洋州局中国課につとめています」

「どういう事案だ？」

倉島は、詳しく説明した。

下平課長は、説明を聞くうちに書類から顔を上げ、いつしか倉島を見つめていた。

課長の関心を引くことができたということだ。

「いいだろう。重要な事案だ。警視庁内に専用の電話を用意させよう。そこでは、おまえが勤めていることになっている大学名を名乗らせる」

「助かります」

課長は、また書類に眼を戻した。部屋を出ようとした倉島を、課長が呼び止めた。

振り返ると、課長はやはり書類を見たまま言った。

「ミソをつけるなよ」

「はい」

その瞬間だけ、少しばかり緊張した。

梶本のほうから連絡が来て、六本木で飲む約束をした。待ち合わせの鮨屋《すしや》に行くと、いつになく興奮した様子だった。

食事もそこそこに、遊びに行きたい様子だ。よほど楽しいところを見つけたようだ。

「今日はどんなところですか?」

「それがさ……」

梶本は声を落とした。「ホテルのバーで飲んでいたら、ものすごい美女がいてさ……。もう、海外のグラビアでもあんな美人は見たことがない……」

「ほう……、それで……？」

「当然、気になるからそっちを見ちゃうだろう。何度か眼が合ったんだ。そうしたら、向こうはほほえんだんだ。こりゃ脈ありだと思うじゃないか」

「声をかけたんですか？」

「英語なら通じるだろうと思ったんだ。だが、そんな心配は必要なかった。向こうは日本語が話せたんだ」

「どこの国の人だったんですか？」

「世界で一番美人が多いといわれているのは、どこか知っているか？」

「ロシアですか？」

「正解だ。外国人と接しているとよくわかる。美人が多いのは、北半球ではロシア、南半球ではブラジルだと、誰もが口をそろえて言う。それでさ、そのロシア美人は、クラブで働いているというんだ。そこに行ってみたんだ」

「なんだ……」

倉島は苦笑してみせた。「要するに客引きだったんじゃないですか？」

「そんなことは問題にならないほどすごいんだ」

梶本はますます興奮してきた様子だった。

「その辺のロシアン・パブなんかとは大違いだ。本物のロシア美女だけをそろえている。天使のように美しい美女ばかりだ。まさに天国だよ」

「それは楽しみですね」

「会員制だが、もちろん私といっしょなら問題ない」

「では、今夜はそこへ行くのですね？」

「もう、他の店なんて行く気がしないよ」

そそくさと食事を終え、梶本は鮨屋を出ると、六本木交差点から飯倉片町方面に徒歩で向かう。

ロアビルを越えて、しばらく行った左側のビルが目的地のようだ。

「ロシア大使館のすぐ近くですね」

倉島は言った。「だいじょうぶなんですか？」

梶本はにやりと笑った。

「私がどこに勤めていると思っているんだ？　私だって用心はする。欧州局ロシア課の同期のやつに確かめてみたよ。そいつが言うには、一昔前なら、ロシア人の出かせぎっていうのは、怪しげなやつが多かった。それはロシアが貧乏だったからだ。今は違う。石油バブルで、ロシアはおおいに潤っている。プーチンのおかげでマフィアも影をひそめている」

「へえ、そうなんですか……」

外務省のロシア課に何がわかる。

そう言ってやりたかった。日本の情報機関の実力ナンバーワンは、外務省の国際情報統括官組織でも、内閣情報調査室でも、公安調査庁でもない。

一地方警察でしかない警視庁の公安部なのだ。これは紛れもない事実だ。警察庁の警備局ですら警視庁の公安部から情報を吸い上げているに過ぎない。

「ロシアの専門家の話だから、だいじょうぶだよ」

「それは安心ですね」

倉島は、さりげなく背後をうかがった。

やはり、あの男が尾行していた。スラブ系の男だ。

倉島は気づかぬふりをして、ビルの中に入った。

エレベーターを降りると、正面に分厚いドアがあった。監視カメラがついているのに気づいた。すでに店の者は、二人の姿を見ているに違いない。

梶本がインターホンで、名前を告げる。重そうなドアが開いた。中はいかにも高級クラブといった雰囲気《ふんいき》だった。

高級なのは、調度類だけではない。

ドレスをまとって席についているのは、いずれも眼を見張るようなロシア美女たちだった。年齢も若い。

梶本が言ったことは嘘ではない。ロシア美女は世界でも有名だ。この店のホステスの人数は決して多くない。だが、いずれも選りすぐりであることは間違いない。

梶本は、カーチャという名の女性を指名した。カーチャはエカテリーナの愛称だ。やってきたのは、身長が百七十センチほどのすらりとした女性だった。

砂色の長い髪に、抜けるような真っ白い肌。眼は茶色だ。彼女は、かなり日本語がうまかった。

倉島に付いたのは、イーラという名の女性だった。アルメニア系の特徴がある。髪は茶色で眼が緑色だ。肌が少しオリーブ色がかっている。こちらも、グラビアモデルのように美しかった。

イーラのほうは、日本語がかなりたどたどしい。

倉島は、二年間ほど猛勉強したロシア語の成果をちょっとだけ披露した。イーラはたちまちうれしそうな笑顔を見せた。

梶本が驚いた様子で言った。

「なんだ、君はロシア語が話せるのか？」

「言いませんでしたか？　私の専門はロシア文学ですよ」

「そうだったのか。そいつは心強いな」

しばらく飲んでいると、梶本が言った。

「この後、特別なサービスが待っているんだ」

カーチャが梶本の手を引いて立ち上がった。同様にイーラも倉島の手を取った。部屋の奥にある扉に向かう。

その扉の向こうは、まったく別の雰囲気だった。スポーツクラブのようにロッカーが並んでいる。

いったん、カーチャとイーラが姿を消す。

「ここで服を脱いで、タオル一枚になる」

「ほう……」

梶本が服を脱ぎ始めたので、倉島もそれにならった。腰にタオルを巻いてさらに奥に進むと、そこはゆったりとしたソファが置かれた小部屋になっていた。

「サウナがあるんだ。そして、個室もある。どういうところかわかるだろう?」

「もちろん」

そのうちに、カーチャとイーラが戻ってきた。彼女らもタオルを巻いているだけだ。

梶本にとってはかなり刺激的なサービスかもしれないが、むしろ二人のロシア女性にはあまり心理的な抵抗はないだろうと思った。

サウナのことをロシア語でバーニャと言うが、ロシア人たちは街中のバーニャを借りて、男女ともにこうしてタオル一枚の姿で食事をしたり酒を飲んだりして楽しむのだ。

もちろん、恋人同士などは個室で楽しむこともある。

バーニャの風習を持ち込んだところに、このクラブの新しさがある。もちろん、普通のバーニャと違って、ここでは売春行為が行われているのだ。

梶本がカーチャと個室に消えていった。

倉島とイーラは、ソファの部屋に取り残された形になった。手持ち無沙汰の様子で、イーラが手を重ねてきた。

倉島はロシア語で言った。

「俺は必要ないんだ」

イーラが不満げな顔をする。今夜は稼げないと思ったのだろう。倉島は三万円を現金で渡して言った。

「何か好きな物を飲むといい。俺も酒なら付き合う」

とたんに、またイーラの機嫌がよくなった。

一時間ほどして梶本が戻ってきた。快楽の余韻を表情に残している。

服を着て最初の部屋に戻ると、カーチャとイーラがまたドレス姿でやってきた。梶本はビールをうまそうに飲んだ。

「今日はいいところを紹介してくれたんで、僕が勘定を持ちますよ」

倉島が言うと、梶本はいちおう遠慮するような態度をみせた。

「いや、それは悪いよ。割り勘でいいよ」

「任せてください」

「そうか。じゃあ、次に来るときには俺がおごるよ」

思ったほど高くはなかった。六本木の高級クラブとそれほど変わらない。ビルを出ると、梶本は、すぐにタクシーを拾った。

それを見送ると、倉島は六本木交差点のほうに歩きだした。

人混《ひとご》みに紛れて歩き、左に折れて芋洗坂に出た。そこで角にある公衆便所に入るふりをして今来た道の様子をうかがった。

スラブ系の男がたたずんでいる。倉島の姿を見失った様子だ。倉島は、公衆便所を出てその男に近づいていった。

男は、すぐに倉島に気づき、眼をそらしてその場から立ち去ろうとした。倉島はそれを許さなかった。

「アレキサンドル・セルゲイビッチ・コソラポフ」

倉島は呼びかけた。

3

コソラポフは、無視しようとしたが、それが無駄なことと思ったらしく、向き直った。

青みがかった灰色の眼で倉島を見つめている。

「なぜ、俺のあとをつける？」

相手は、流暢《りゅうちょう》な日本語でこたえた。

「思い上がってはいけない。私はあなたを尾行していたのではない」

「梶本を尾行していたというわけか？」

コソラポフはこたえなかった。倉島はさらに尋ねた。

「ここには梶本はいない。俺だけだ。なのに、おまえは梶本を尾行していたという。どういうことだろうな？」

「あなたがいったい何をしているのか気になったのだ」

「やることはやっているさ。何も問題はない。あんたの情報が確かならな……」

「やることはやっているだって？　あなたは、ただ梶本と飲み歩いたり、女遊びをしているだけだ。あなたは警察官だろう。すぐにでも強硬手段を取るものと思っていた」

「期待外れで悪かったな。だが、これが俺たちのやり方だ。あんたの国みたいに、気に入らない官僚をすぐ逮捕したり、抹殺したり、クビを切ったりというわけにはいかないんだ」

「何のための警察だ」

「民主主義というものを、少しは勉強してほしいな」

「スパイも処罰できない国の警察官に言われたくない」

「俺たちの周りをうろうろしていたら、あんたの身が危ないいんじゃないのか?」

「私のことなど、心配しなくていい。私はあなたと今後も信頼関係を築いていけると判断したから、とっておきの情報を伝えたんだ」

「その点は感謝している」

「ならば、やるべきことをさっさとやってほしい」

「心配するな。もうじき幕引きだ」

コソラポフは、しばらく倉島を見つめていた。まったく表情を感じさせない眼だ。いったい、どんなものをどれくらい見てきたらこんな眼になるのだろう。

ふと倉島はそんなことを思った。少なくとも、こんな眼をした日本人に会ったことがない。

「わかった」

やがて、コソラポフはそう言うと足早にその場から去っていった。おそらく、通行人からは、顔見知りの外国人と立ち話をしているようにしか見えなかっただろう。

六本木では不自然な光景ではない。

用心のため、周囲をさりげなく見回した。怪しげな人間は見当たらなかった。

もっとも、コソラポフほど素性の怪しい人間もそういない。彼は、ロシア大使館員だが、実はFSB（ロシア連邦保安庁）の職員だ。

悪名高いKGBは、ソ連の崩壊とともに解体されたが、そのほとんどの機能がそっくりFSBに受け継がれたのだ。国の体質というのは、そう簡単には変わらない。

エリツィンは、どうしようもない酔っぱらいだったが、多少は市場経済というものを理解し、それを実現しようとしていた。

プーチンは、政府による支配を強め、事実上ソ連時代のような強権政治を実現した。他国のことはあれこれ言いたくない。ロシアという土壌にはもしかしたらプーチンのやり方のほうがしっくりくるのかもしれない。

ロシアで民主主義を実現するなど、夢のまた夢だ。

倉島はタクシーを拾って自宅に戻った。車窓に自分の顔が映っていた。人を欺くことが仕事だ。そのうちに人相が変わるかもしれない。

この仕事は自分に向いていないと思うこともある。だが、向き不向きではない。国を守るために必要な仕事なのだ。

倉島は、車窓に映った自分自身にそう言い聞かせていた。


翌日、下平課長に自宅の電話から連絡を入れて、経過を報告した。

「今度連絡が来たら、事案を処理します」

「いよいよ大詰めか?」

「そういうことです。潮時でしょう」

「わかった。連絡を絶やすな」

「了解です」

梶本から連絡が来たのは、一週間ほど経ってからだった。

梶本はカーチャに夢中の様子だ。無理もない。あれだけの美人に相手をしてもらえるのだから、どんな男だって有頂天になるだろう。

よく一週間も我慢できたものだと、倉島は思った。

前回と同じ鮨屋を指定されたので、そこに向かった。梶本は一人ではなかった。カーチャとイーラがいっしょだった。

梶本はどこか勝ち誇ったような態度で言った。

「今日は、クラブに行かなくていいんだ」

「どういうことです？」

梶本が声をひそめて言う。

「彼女たちは貸し切りだ。ホテルを押さえてある」

「そいつは豪勢ですね……」

ロシア女性たちはたいてい鮨を好む。モスクワでは日本食レストランがブームで、鮨はかなり一般的な食べ物だ。カーチャとイーラは、旺盛な食欲を見せた。

食事が終わると四人はタクシーで、六本木と溜池《ためいけ》の間にあるホテルに向かった。チェックインをしようとする梶本に、倉島は言った。

「残念ですが、ここまでです」

梶本は、怪訝《けげん》そうに倉島を見た。

「何を言っているんだ？　せっかくここまで来たのに……」

「カーチャとあなたをこれ以上二人きりにさせるわけにはいきません」

戸惑ってもいるのだ。


「何だって……？」

梶本は複雑な表情になった。驚いているのだが、同時に怒りを浮かべている。そして、戸惑ってもいるのだ。


倉島は、梶本に背を向けてカーチャとイーラに言った。

「さあ、君たちの仕事は失敗したんだ。おとなしく帰るんだな」

カーチャが不審そうに倉島を見て言った。

「どうしましたか？」

フロントの係員が、じっと倉島たちのやり取りを見つめている。倉島はフロントに言った。

「予約はキャンセルだ。キャンセル料が発生するようだったら、すべて俺が払う」

「かしこまりました……」

釈然としない表情のまま、フロント係が言った。

梶本は、怒りを露《あら》わにしている。

「いったい、君は何を言っているんだ。これは何の真似《まね》なんだ？」

「ちょっと、こちらへ……」

梶本を連れて、フロントを離れた。カーチャとイーラは佇《たたず》んだままだった。

倉島は言った。

「他の場所で遊ぶのはけっこうです。しかし、あの連中はいけません」

「ばかを言うな。私がどこでどんな遊びをしようと、君には関係ないだろう。君だって、今までさんざん楽しんだくせに……」

「たしかに楽しませていただきました。でも、それも今日で終わりです」

「何だって……？」

カーチャが憤然と近づいてきた。

「どうして、邪魔しますか？」

倉島に詰め寄った。

「まだわからないのか？　君たちの計画は失敗したんだ」

「計画？　何のことです？」

倉島は、カーチャにささやいた。

「日本にはスパイを取り締まる法律がない。だが、売春や入国管理法違反で逮捕することもできるんだぞ」

カーチャの顔色が変わった。さっと眼をそらすと、それきり倉島の眼を見ようとしなかった。

「さあ」

倉島は言った。「もうわかっただろう。ここから消えろ」

カーチャは、イーラに何事か囁《ささや》き、すぐさまホテルを出て行った。梶本はその様子を茫《ぼう》然《ぜん》と眺めていた。

「いい夢を見たのだと思ってください」

「君はいったい……」

その質問にはこたえなかった。

「カーチャは、ある目的を持ってあなたに近づいたのです」

「ある目的……？」

「あなたを取り込んで、中国情報を聞き出そうとしたのです」

「まさか……」

梶本は何を言われているのかわからないようだ。「そんなことがあるはずがない」

「あるんですよ。東京にはスパイがうようよしているのです」

「君は、何者だ？」

「知らないほうがいいと思います」

「何だか知らないが、私に近づいたのは、監視が目的だったのか？　君は私を騙《だま》したんだな？」

顔が怒りで歪《ゆが》んでいる。

納得させるには骨が折れそうだ。怒りがおさまるのを待つしかないだろうか。倉島がそう思ったときだ。

「そうではありません」

倉島の背後で、聞き慣れた声がした。「彼は、あなたを守ったのですよ」

梶本がその声がしたほうを見た。倉島も振り返った。

下平課長が立っていた。

「誰だ、君は？」

「倉島同様、それは知らずにいたほうがいいと思います」

梶本は収まりそうになかった。

「君たちが何者であれ、私は断固とした対応をするぞ。私を誰だと思っているんだ」

下平課長が、溜《た》め息をついた。

「そこまでおっしゃるなら、身分を明かしましょう。私たちは、警視庁公安部外事一課の者です。倉島君はロシアを担当しています」

「公安……？」

梶本は呆《ほう》けたような表情で、倉島を見た。

「そうです」

下平課長が言った。「倉島があなたを守ったというのは、事実です。彼は、ロシア人が何らかの形であなたに接触してくるだろうという情報を得ていました。中国情報にお詳しく、また中国に多くのチャンネルを持っておいでのあなたは、ロシアにとって恰好《かっこう》のターゲットだったのです」

「カーチャがスパイだったというのか？」

「ロシア人女性と関係を深めて、ピロートークで万が一重要な中国情報がロシア側に洩《も》れたとしたら、あなたの立場はどうなっていたでしょうね？」

梶本は、青くなった。ようやく事態の重大さに気づいた様子だ。

しばらく何事か考えていた。やがて、顔を上げると、一気に十歳も年を取ってしまったような印象だった。彼は、倉島に言った。

「私は、君に礼を言わねばならないのか……？」

「お気遣いなく」

倉島が言った。「これが公安の仕事ですから……」

梶本をタクシーに乗せると、倉島は下平と徒歩でホテルをあとにした。

「おいしいところを持って行きましたね」

倉島が言った。

「後始末をすべて押しつけるのは、まだまだ荷が重いと思ってな」

「正直、助かりました」

「気にするな。そのための上司だ。ところで、情報源は何者だ？」

「それは、相手が課長でも明かせません」

下平は、倉島の顔を見て、にっと笑った。

「大方、ロシア大使館員か何かだろうが、だとしたら、解せないな。その情報源は、ロシアのスパイ行為に対して妨害工作をしたことになる」

「あの国はまだまだ複雑なようですよ。内部抗争の火種が見え隠れしています」

「なるほどな……。まあ、おかげで外務官僚に対するスパイ活動を未然に防げたわけだ。おまけに、梶本はおまえに借りができた。今後、いい情報源になってくれるかもしれない」

「当然、それは計算のうちですよ」

夜になるとひときわ明るく華やかになる六本木の交差点が近づいてきた。

下平課長が言った。

「経費が残っていたら、すべてきちんと返納しろ。資金は決して潤沢とはいえないんだ」

「わかっています」

倉島が言った。「ただ、これから打ち上げでちょっと使うくらいはいいんじゃないですか？」

「俺と飲みに行こうというのか？」

「はい」

「だめだ」

課長はぴしゃりと言った。「経費はすべて返納しろ」

倉島は、心の中で舌打ちをした。課長が続けて言った。

「おまえが払え」

「え……？」

「それなら、付き合ってやってもいい」

倉島は思わずにやりとした。

「了解です」

二人は少しだけ足を早めた。

【初出一覧】

ビギナーズラック　日本冒険作家クラブ編『闘!』(徳間文庫・1993年8月刊)
戦場を去った男　日本冒険作家クラブ編『友!』(徳間文庫・1988年11月刊)
テイク・ザ・ビーフラット　「平凡パンチ」1982年2月8日号
波まかせ　「野性時代」1995年5月号
未完成の怨み　異形コレクション『玩具館』(光文社文庫2001年9月刊)
公安の仕事　「オール讀物」2008年7月号

初刊本あとがき

え、俺、こんな短編書いてたの？

ゲラを読み直して、まずそう感じました。一番古い作品は、二十代に書いたものです。二十代といえば、まだ携帯電話はおろか、インターネットも普及していない時代です。時代背景も今とはまったく違うので、手を入れはじめたらきりがありません。ですから、全作品を、ほぼ当時の形のまま収録することにしました。

できれば、時代性も味わっていただければ、と思います。

「AKを持った狙撃兵なんているかよ」とか、「今時、マルチのレコーダーかよ」というツッコミはご勘弁ください。すべて承知の上です。

当時の今野敏は、この程度の知識しかなく、録音技術にしても、東芝EMI時代の経験しかなかったのです。

格闘技、音楽、警察モノ、モデリング……。

まずは、バラエティーをお楽しみいただきたいと思います。

二〇一一年二月

今野　敏

解　説

関口苑生

本書『ビギナーズラック』は、二〇一一年三月に徳間文庫のオリジナル短編集として刊行されたものを、このたび装いを新たにして刊行するものである。

いや、だが、それにしても――今回、本当に久々に本書収録の六編を読んで、改めて思ったのは、今野敏はこんな作品を書いていたんだなあという驚きというか、感慨というか、言葉にならないさまざまな思いが押し寄せてきたことだった。一番古い作品は一九八二年、まだ二十代の頃である。最も新しい作品は二〇〇八年、両者の間には二十六年のへだたりがある。他の作品にしてもタイプもテーマも、まったく異なるのだが、読んでみるとみな見事に今野敏の小説となっているのだった。

巻頭の「ビギナーズラック」は、日本冒険作家クラブ編の『闘！』（一九九三年）に収録された一編。日本冒険作家クラブは、一九八三年五月十三日、西新宿の「ローズ・ド・

サハラ」というアフリカ料理の店で産声をあげた。その数年前から森詠を中心に、冒険作家クラブ設立準備委員会が立ち上がっていたが、このときの創設メンバーは——田中光二、伴野朗、西木正明、船戸与一、南里征典、谷恒生、川又千秋、北方謙三、大沢在昌、森詠、内藤陳、井家上隆幸、関口苑生の十三名であった。

「わがクラブは、日本冒険小説の発展に寄与し、冒険小説が大衆文学の一ジャンルとして確立することを目指す」

「わがクラブは、冒険小説を愛し、すばらしい冒険小説を読者に提供しようという志に燃えた小説家、評論家、翻訳家の有志を結集して構成する」

クラブの会則には、そうした会員たちの理想が高らかに謳《うた》いあげられていたものだ。そんな中で、クラブの活動の一環として企画されたのが、会員たちによるアンソロジーの出版である。それも、すべて書き下ろしという画期的なアンソロジーだ。だが、これは当初誰の目にも不可能だろうと思われていた。実のところ、このとき実務仕事に携《たずさ》わっていたわたし自身が、本当にできるんだろうか、みんな原稿を書いてくれるんだろうかと一番心配していたかもしれない。ところが、そんな心配をよそに——彼らの冒険小説にかける思いと熱情そのままに、みな素晴らしい作品を書き上げてくれたのだった。

一九八七年には第一弾『敵！』が、続いて一九八八年には『血！』『友！』と続けざまに三冊を刊行したのである。

本書の巻頭「ビギナーズラック」は、そのアンソロジーの第六弾『闘！』に収録された。先に、本書に収められた作品は書かれた年代は別にしても、いずれも見事なまでに今野敏の小説となっていると記したけれど、これもまさにそのことを窺《うかが》わせる一編だ。一九九三年当時、今野敏の仕事は九割方が活劇アクションだった。この年、刊行した長編は七作。もちろん、いずれも格闘場面がたっぷりの作品である。これはデビューのときから彼の「売り」のひとつであり、読者もまた彼が描く他の作家とはちょっと違う本格的なアクション描写に興奮し、愛し、熱望した結果のことだった。

しかし、実はこの時期、彼はかなり悩んでいたという。作家はいつまでも同じ場所にとどまっているわけにはいかない。彼も現状を打破し、一歩先に踏み出そうと、いろいろなことを試していたのだった。のちに彼へのインタビューで明かしてくれたのだが、アクション場面にしても、書くたびに毎回結構工夫を凝らして書いていたそうなのだ。ところが、この工夫がかえってまずい方向に行ってしまうことがたびたびあったのだとも。どういうことかというと、自身が空手家であるだけに、書こうと思えば格闘場面での情報・状況はいくらでも引き出せる。それでつい頭の中でこねくりまわして、あれもこれもと書き込みすぎてしまうのだった。

書き込むとは、つまるところ説明をすることである。話を「盛る」ことでもある。これがすぎると、小説としての面白みやダイナミズムを追求しているにもかかわらず、かえって損なわれてしまう場合がしばしばあって、彼もまた実際にそうなっていたのだった。格闘というのは、瞬間瞬間での出来事であり、次の行動はどうしようかなどというのは、真のプロ、格闘家でもない限り、普通の人間は瞬時には多分考えついてもいないはずだ。また視点の問題もあり、視点はこちら側にしかないはずなのに、どうかするとつい相手の意図や行動の一部始終まで書いてしまいがちになるのだそうだ。これだって普通の人間なら相手の動きなどまず見えてもいないはずだ。

そういったことへの反省を踏まえ、同時に新しい自分だけの活劇アクションを目指し、試行錯誤していた頃の一編が「ビギナーズラック」であった。これらの試みは、やがて一九九七年に発表する『惣角流浪』をはじめとする武闘家小説シリーズへと発展していくことになるが、それはまた別な話だ。

喧嘩《けんか》などしたこともないまったくの素人《しろうと》が、あるとき突然に暴走族の集団に襲われ、恋人を目の前で犯されそうになる。そこで彼は一体どうしたか。そのときの模様がリアリティたっぷりに描かれ、臨場感も半端ではない、時に痛みさえ感じてくる格闘場面と共に、読んでいて途中で嫌になってくるほどの悪意の塊を前にしながら、それでいてどこか清々《すがすが》しさのようなものが漂ってくる描写で綴《つづ》られていくのである。これには本当に驚いた。何といっても全編が格闘場面しか書かれていないのだ。それで押し通すのである。こんな凄《すご》い小説はまさに今野敏にしか書けない……とわたしは思う。

続く「戦場を去った男」は、冒険作家クラブ編の『友！』（一九八八年）が初出。現在では今野敏の小説はほぼ１００％三人称一視点となっているが、デビューしてしばらくは三人称であっても複数視点で物語は進行していた。それは彼が好きだった海外の冒険小説やミステリーの多くがそうした体裁をとっており、単純にそれでいいのだと思い込んでいたようだ。しかし、当時の彼はある一定程度の読者はついていたものの、いまひとつブレイクスルーするまでには至らなかったのが実情だった。その原因はどこにあるのかさっぱりわからぬままに試行錯誤を繰り返していたのだ。そんなある日、ふっと閃《ひらめ》いたのだそうだ。

三人称多視点の小説が日本語にそぐわないとは決して思わないが、一度三人称一視点で力を抜いたものを書いてみようと。それが『隠蔽捜査』であった。しかしこれが受けた。しかも尋常なる受け方ではなく、その後の彼の作家人生を左右するほどの爆発的な人気になったのだった。それとこのときもうひとつ、小説作りには基本中の基本であるキャラクターの造形に、ストーリー、プロット以上に力を注いで、こんな人物だったらこんなエピソードがついてまわるだろうと、細かい挿話を積み重ねでいくことに終始したのだという。

いまから思えばという、後知恵的な考えはいくらでも書けるのだが、本作にしても短編でありながら前半部と後半部の語り手の視点の違いは明らかだ。そのことを今野敏は慎重に計算して書いていたわけではないと思う。だが、間違いなく言えるのはキャラクターの造形、印象を目一杯際立たせ、読者にアピールしようとしていた。ことにイチローは、極端に無口な人物として描かれた。だがそれだけでは絶対に覚えては貰《もら》えない。しかし短編の中では必要十分なことは書き切れないし、書こうとすると説明過剰《かじょう》のダラダラした小説になってしまいかねない。そこで彼が取った手法は、無口なキャラならば喋らせなければいい、という実に当たり前の方法だった。それでいかにして覚えて貰うか。印象付けるか。思いついたのがセリフである。わずかなセリフで、イチローという人物の立ち位置、性格を際立たせるのだ。こんな若い頃から、今野敏は工夫を凝《こ》らしていたのだなと、感心する。

続く「テイク・ザ・ビーフラット」（「平凡パンチ」一九八二年二月八日号）と「波まかせ」（「野性時代」一九九五年五月号）も、まさしく今野敏の作品と言えようか。

彼の長編デビュー作は一九八二年二月に刊行した『ジャズ水滸伝』（現在は『奏者水滸伝　阿羅漢集結』と改題）だが、本作の発表も同じ一九八二年の二月である。しかも、主人公がまさかまさかの比嘉隆晶なのである。書いていた時期と出版した時期との差は幾分かはあるかもしれないが、同年同月の――しかも他社作品での発表というのは新人作家としては珍しいことだろう。見方によっては、本作は『ジャズ水滸伝』の前日譚《たん》といってもいいのだ。彼の作品の登場人物には出版社やシリーズを超えて顔を見せるということが多いが、こんなところから始まっていたとはと改めて驚いた。

個人的なことだが、わたしの知り合いで若い頃にはプロのドラマーを目指していたという男が、初めてアメリカのライブバーに入ってジャズトリオの演奏を聴いたとき、彼らが発する最初の音で、もの凄いショックを受けたのだそうだ。極端にいうと「あ、これは俺はかなわん」と思ったのだという。自分はただ一生懸命、必死でドラムを叩いているだけなのに、このドラマーは、いや他のふたりもソウルで、あるがままの気持ちで演奏していると実感したのだという。本作でピーターが言う〝スイング〟である。しかしそれを言葉にして書き上げるのは何とも難しいことだろう。それを今野敏は、彼にしかできないやり方で作品に仕上げてみせたのだ。

次の「波まかせ」もまた、一時期音楽業界にいた今野敏ならではの一編だ。レコード会社のディレクターが、弱小プロダクションから新人女性を紹介され、デビューさせることを承諾してしまう。その一部始終を描いたものだが、業界の言葉が頻出《ひんしゅつ》しながらいちいちを説明することもなく、どんどんと話が進んでいくのが心地よい。これは「テイク・ザ・ビーフラット」にも言えることで、同時にその一方で登場人物たちの風貌――どんな顔立ちだとか、どんな服装をしていただとかはしっかりと描いているのが特徴的だ。こちらは、はっきりと現在の彼の作風とは異なるものだ。また彼の美少女趣味ともいえる、神秘的な美しさを持った少女が登場するのが何となく懐かしく思える。

今野敏には趣味が多いのも定評があるが、そのひとつモデリングを作品のテーマにしたのが「未完成の怨み」である。本格的になるとスクラッチビルドという、ブロックや板状の樹脂からパーツを削り出して自作するものだ。一部の部品だけでなく、模型の全体をすべて自作する場合は、特にフルスクラッチという。またこれとは別に希少品のプラモデルも、愛好家の間では人気が高い。時代が古く数が少なかったり、限定品であったりし、さらには未開封で組み立てられていない品ならよりプレミアムがついて高値を呼んだりもする。実際にそういう風潮が今では当たり前のようになっている。この風潮に待ったをかけたのが本作だ。プラモデルとは、本来組み立てられ、完成されてナンボのものであるのではないか。そういう主張が、ここには掲げられている。

これはモデルリングを愛するがゆえの作者の思いではなかろうか。

最後の「公安の仕事」(「オール讀物」二〇〇八年七月号)は、数ある今野敏の警察小説シリーズの中でも、ちょっと特異な位置を占める公安部外事一課・倉島達夫警部補シリーズの一作だ。ちょっと変っているというのは、他のシリーズでは主人公が黙っていても自然と仲間が集まってきたり、周囲が彼の仕事を認めてくれたりというパターンが多いのだが、この作品は上司が積極的に倉島に働きかけ、将来を見据えた異動などをさせるのが他とは違うところだ。ことに公安部の裏組織ゼロへの研修から帰ってきたあとの倉島の同行に注目。このままではどんどんと出世するぞ。本作は、市民をリクルートすると見せかけて、ちょっとしたどんでん返しがあるのが見もの。

以上六作、久しぶりに読み終えた感想をつれづれなるままに書いてみた。

二〇二四年六月

本書は２０１１年3月に刊行された徳間文庫の新装版です。
なお本作品はフィクションであり実在の個人・団体などとは一切関係がありません。

徳間文庫

ビギナーズラック
〈新装版〉

2024年7月15日 初刷

著者 今《こん》野《の》敏《びん》
発行者 小宮英行
発行所 株式会社徳間書店
東京都品川区上大崎三－一－一 〒141－8202
目黒セントラルスクエア
電話 編集〇三(五四〇三)四三四九
販売〇四九(二九三)五五二一
振替 〇〇一四〇－〇－四四三九二
印刷 中央精版印刷株式会社
製本 中央精版印刷株式会社

ISBN978-4-19-894956-3 (乱丁、落丁本はおとりかえいたします)

徳間文庫の好評既刊

今野 敏
逆風の街
横浜みなとみらい署暴力犯係

　神奈川県警みなとみらい署暴力犯係係長の諸《もろ》橋《はし》は「ハマの用心棒」と呼ばれ、暴力団には脅威の存在だ。印刷工場がサラ金に追い込みをかけられていると聞き、動き出す諸橋班。背景に井田という男が浮上するが、正体が摑めない。そこに井田が殺されたという報せが。井田は潜入捜査官で、暴力団の須賀坂組に潜入中だったらしい。潮の匂いを血で汚す奴は許さない！　諸橋班が港ヨコハマを駆ける！

徳間文庫の好評既刊

今野敏

怪物が街にやってくる

　勝負というのは、機が熟すれば、自然と舞台ができ上がるものだ——世界最強と名高い〝上《うえ》杉《すぎ》京《きょう》輔《すけ》トリオ〟を突如脱退した武《たけ》田《だ》巌《いわ》男《お》が、新たにカルテットを結成した。ついに、ジャズ界を熱狂的に揺さぶる怪物たちの対決の時がきた。いよいよ演奏が始まる……。警察小説の旗手である著者の原点であり、当時筒井康隆氏に激賞された幻のデビュー作を含む傑作短篇集。【解説　筒井康隆】